月明かりが彼の影を映し出す。
「あなたが欲しい。あなた以外は誰も欲しくない」
朝吹は俺の耳元にそっと囁く。その声はたまらないほど官能的だった。

憎しみが愛に変わるとき

宮川ゆうこ

Yuuko Miyagawa

ILLUSTRATION
高階　佑

Yuh Takashina

ARLES NOVELS

この物語はフィクションであり、実在の人物・団体・事件等とは、いっさい関係ありません。

Contents

憎しみが愛に変わるとき

その日、俺は怒っていた。

(なにが異議ありだ！　なにが横暴だ！　俺がいつ被告人を威圧した。ふざけるな！)

彼の声を思い出しただけでむかついてくる。

できることならそこら中の物を叩いて回りたいところだが、仮にも検事が、地方検察庁の備品を壊して、器物破損罪で起訴されるのはさすがにまずいと思う。

それに俺だって、被告側の弁護士に言い負かされたぐらいで、いちいち怒っていては検事はつとまらないことぐらいわかっている。

わかってはいるが……。

(むかつくんだよ～！　なんであいつが出てくるんだ……)

俺は、おさまらない怒りを抱えて、ため息を吐いたのだった。


それはある傷害事件の初公判でのことだった。

(起訴状はよしと……検事が読み間違えなんかしたら、洒落《しゃれ》にならないからな)

自分の執務室で起訴状を確認しながら、俺はあらためて気合いを入れ直していた。

俺は検事になって二年目の、いわゆる「新任明け」と呼ばれる検事だった。

検事としてはまだヒヨッコの部類に入る。

「吉野《よしの》検事、これも提出された方がいいと思います」

「あ、すみません」

そんな俺の横で岩根《いわね》事務官は、初公判に提出する証拠書類をテキパキと選び出していた。

岩根さんはこの道二十年というベテランの事務官で、俺がこのA地方検察庁鈴掛《すずかけ》支部に配属になって以来付いていてくれている人だ。

彼は往年の二枚目俳優に似ており、趣味は野球で、草野球のチームに入っているらしい。

仕事が終わった後に週三日は練習があるとかで、仕事とははっきり割りきっており、よほどのことがないかぎり閉庁時間ぴったりに帰っていく。

少し融通が利かないところはあるが、半人前の俺をじつによくサポートしてくれ、岩根さんがいなかったらまともに仕事がこなせないほどだった。

（ベスト・エビデンス……か）

司法修習生時代に指導教官から、公判には、それに一番ふさわしい証拠（ベスト・エビデンス）を出すようにと口を酸《す》っぱくして言われてきた。

だが、警察から山のように送られてきた証拠の中からそれを選び出すのは、検事としての経験の少ない俺には大変な作業だった。

それに大規模な地方検察庁は、公判部門と捜査部門に別れていたが、鈴掛支部はA地方検察庁の中でもそれほど大きな支部ではなかった。だから取り調べも、裁判所での公判も一人の検事で担当することになる。

それだけに検事という仕事は、俺が想像した以上に忙しかった。

(忘れ物がないようにもう一度、確認しておくか。えーっと……)

俺が検事になると報告したときオヤジは、

「睦月《むつき》は優しすぎるところがあるからなぁ」

と言って、いつになく難しい顔になった。

オヤジに言わせると検事なんてものは、人として少しアクがあった方がいいらしい。

もちろん俺も、人が人を告発することの厳しさはオヤジや兄貴を見ているからわかっていた。

オヤジはO地方検察庁の検事正をしており、兄貴の方は今は東京地方検察庁特捜部にいる。

亡くなった祖父《じい》さんも検事だったそうだから、俺の家は代々検事ばかりだ。

そんなオヤジが、俺のことを心配するのにはわけがあった。

オヤジや兄貴はどちらかというと強面《こわもて》でガタイもいいのに、俺だけはそんな二人とはあまり似ていない。

よくいえば「親しみやすい近所のお兄さん」タイプで、年のわりには若く見られることが多かった。

鈴掛支部に配属になって初めて挨拶に行ったときに、入り口の警備の人に、真顔で「学生さんがなんのよう？」と聞かれてしまったほどだ。

だからオヤジは、百戦錬磨の警察官やベテランの容疑者……といったら言い方がおかしいが、そんな連中から見たら、俺のような若造は嘗《な》められると心配したのだろう。

そのうえ俺は女性から見たら、恋人にするには男としての魅力があまりないらしい。

彼女たちに言わせると、俺には付き合ってもワクワクするような危険な刺激がないというのだ。

そう言われても俺は、恋愛は真面目にすべきだと思う。

付き合い始めて三日も経たないうちにキスや、更に身体の関係を持つなんて、俺に言わせたら言語道断だ。

だが、友人たちには「天然記念物」と呆れられ、女性からは「堅物過ぎて面白みのない人」と思われてしまう。

そのせいか恋人ができても、彼女の母親には「真面目でしっかりしているのね」と、必ず気に入られるのだが、肝心の彼女からはいつも嫌がられる。

最後には、「睦月はとてもいい人だから、私なんかよりもっとふさわしい人がいるわ」と言われてふられてしまうのだ。

おかげで三ヶ月と続いたことがない。

それでも俺は自分の考えを変えるつもりはなかった。

(俺は俺だ。そのうち、俺のことをわかってくれる人が現れるさ)

こんな性格だからか家族も、友人たちも、俺は当然、弁護士になるものと思っていたらしい。

だけど俺は、司法試験に合格する前から、オヤジたちと同じように検事になると決めていた。検事として第一線でバリバリ仕事をこなしているオヤジや兄貴にたいする憧れもあるし、本音を言えばそんな二人へのライバル心からだ。

それに、俺が検事という道を選んだのは、「悪は許さない」という気持ちが大きい。

まだ検事としては半人前の俺だが、志だけは誰にも負けないつもりだった。

それだけに、常日頃から（まず自ら襟《えり》を正さなければ……）と、他人に厳しくするのだから自分にも厳しくなければいけないと思っている。

そんな俺の事をオヤジや兄貴は心配らしく、ときどき用事もないのに電話をしてきては「なにかあったらすぐに相談しろ」と言うのだった。

だから俺は早く一人前の検事になって、オヤジたちに認められるようにがんばろうと思っていた。

（証拠書類は大丈夫だろ。あとは……）

俺が担当することになった傷害事件は、車の追い越しがトラブルの原因だった。

大学生が恋人と高速道路をドライブ中にある車を強引に追い越した。

大学生は、同乗していた彼女にいい格好を見せようと軽い気持ちだったと思われる。

だが、追い越された車の方の男はカッとなり、大学生の車をパーキングエリアまで追いかけていき、そこで謝れ謝らないの口論となった。

男は日頃から感情的になりやすいタイプだったらしく、口論の末に激怒し、大学生を殴り全治三ヶ月の大怪我を負わせた。

そしてその場に駆けつけた警察官に現行犯逮捕された。

それが事件の概要だった。

こういう傷害事件の場合は、怪我が軽いときは治療費を負担させて起訴猶予《きそゆうよ》になることも多い。

だが今回のケースは、男は一旦自分の車に戻り、車の中に置いていたバットを持ってきて被害者を殴っている。

男には前科はなかったが、以前にも傷害事件を起こしていた。そのときは示談《じだん》で解決している。

どうやら普段から血の気の多い男だったらしく、十代の頃からなにかと問題を起こしていたらしい。そのたびに父親が慰謝《いしゃ》料を払って示談に持ち込んでいたという。

男の父親は土建業を営んでおり、地元では知られる名士だった。

ただ今回は、殴られた大学生は運良く助かったが、一歩間違えば殺人事件になっていた可能性がある。

なにしろ大学生は、殴られた直後に一時的とはいえ、意識不明になったほどだった。

それだけに実刑は免《まぬが》れないだろう。

こういう男にはきっちり懲罰《ちょうばつ》を与えないと、また同じことを繰り返しかねない。

「罪を憎んで人を憎まず」というが、彼には自分が犯した罪の大きさを自覚させる必要があると思う。

法廷では被告人……この場合、傷害事件を起こした男のことをいうが、犯罪を犯した者は起訴前は被疑者、起訴後は被告人と呼ぶ。

俺は、検事として法廷で厳しく追及するのも、被告人のためだと思っていた。

ところが……。

「吉野検事、頑張ってください！」

岩根さんに励まされて、鈴掛支部を出てきたものの、まさか被告人側の弁護人として朝吹庸介《あさぶきようすけ》が出てくるとは思いもしなかったのだ。

どうやら公判直前に弁護人が変わったらしい。

俺は法廷に入ってきた彼を見て、一瞬自分の目を疑ったのだった。

（どうして……？）

朝吹庸介といえば、若手ながらその手腕を高く評価された男で、先月には最高裁で無罪判決を勝ち取り、名実ともに弁護士として抜群の知名度を誇っている人物だった。

俺はテレビのニュースで、無罪判決を勝ち取って記者会見をする彼の誇らしげな姿を、何度見せられたことかわからない。マスコミはそんな彼を、法曹界《ほうそうかい》の新星として持ち上げていた。

今回の傷害事件は、こんなありふれたといっては語弊《ごへい》があるが、天下の朝吹庸介が出てくるほどの事件とはとても思えない。

なにしろ被告人は現行犯逮捕され罪を認めているから、法廷で争う理由なんてないはずだ。

それだけに初公判の裁判官も一人だし、傍聴マニアたちの姿も見えない。

（それなのになぜだ？）

被告人の父親が息子可愛さに、弁護士として名前の売れた朝吹を雇ったのかもしれない。

だが、名誉欲の強い彼が引き受けるような事件とは思えなかった。

俺はいかにもエリート然とした朝吹を見て嫌な予感がした。

彼は頭が切れるだけでなく、俳優かモデルと間違われるほど端整な顔立ちをしていた。

顔も頭も最高となればもてないはずがなく、先日なんかはある人気女優との密会現場を激写され、先週は週刊誌やワイドショーを賑《にぎ》わせていた。

司法修習生時代から女性関係の派手な男だったが、そういうところも相変わらずらしい。

天は二物を与えずなんていうが、朝吹の場合は二物どころか三物も四物も与えられているような気がする。

朝吹は弁護人席に座ると、チラッと俺の方を見た。

俺は思わずそんな彼を睨《にら》み返した。

すると彼は、掛けていた眼鏡を指で軽く押さえクスリと笑う。

（この野郎……！）

それはいかにも俺を小馬鹿にしたような態度だった。

俺なんて地味なスーツだというのに、彼は高そうなブランド物らしいスーツを着ており、とても羽振りが良さそうに見えた。

朝吹は以前から服装に気を遣うお洒落な男だったが、いいものを着ているせいか、司法修習生の頃よりも、男ぶりがかなりあがっていた。

じつは朝吹と俺とは、司法研修所の同期だったのだ。

ただ、俺は一浪で司法試験に合格したが、彼は大学在学中に合格しており、同期とはいっても俺の方が年齢は一つだけ上になる。

朝吹は司法修習生の頃から、教官でさえ言い負かすほどだった。

同期の中でも成績は常にトップで、その冷静沈着さと頭脳明晰《めいせき》ぶりは評判だ。

「彼の頭の中には、六法全書と過去のすべての判例が入っている」と、言われたものだ。

だからみんなは、彼は当然検事になるものと思っていた。

だが朝吹は、「弁護士の方が金になる」と言って、司法研修所での最終試験に合格すると、さっさと弁護士登録を済ませ、ある大手の弁護士事務所に入った。

彼は頭は切れるが、損得勘定《かんじょう》で判断するようなドライな面があり、人としての情がまるで見られない。俺がもっとも嫌いなタイプだった。

そんな彼と俺とは同期の中でも常に反目《はんもく》し合っていた。

悔しいことに、ほとんど俺が言い負かされていたが……。

「それでは開廷します。被告人を連れてきてください」

開廷時間になり、こうして傷害事件の初公判は始まった。

公判では、まず最初に裁判官が、被告人に氏名、住所等を質問し、それに被告人が答えた後、俺の起訴状朗読《ろうどく》となる。

俺は少し緊張しながら起訴状を朗読した。

途中、俺は何度か突っかかりそうになったが、まずまずだったと思う。

もちろん朝吹の冷ややかな視線は思いっきり無視した。

いくら相手が売れっ子の有名弁護士でも、それぐらいで気後れしていたら検事なんかつとまらない。まして相手は司法研修所で机を並べた同期だ。

(嘗められてたまるか！)

俺は踏ん張った。

その後は冒頭陳述《ぼうとうちんじゅつ》へと続き、被告人質問まで一気にいくはずだった。

ところが……。

「起訴事実の中で間違っているところはありませんか？」

裁判官が被告人に尋ねると、男は「あります」と答えたのだ。

(なに！)

なにしろ被告人は現行犯逮捕されており、罪を認めている。

俺としてはいまさらなんだと言いたい。

だが被告人は、被害者を殴って怪我を負わせたのは認めたものの、先に手を出したのは被害者の方だと言い出した。

もちろん俺が調書をとったときには、自分が最初に殴ったと答えており、警察の調べでも同じだった。

だから俺は当然、被告人に問いただした。

「あなたは警察の取り調べでも、私が聞いたときにも、自分が先に被害者を殴ったと答えましたよね」

すると彼は、弁護人席の朝吹の方をチラッと見る。

「あのときは……その、とんでもないことをしたと……そればかりで、わけが……わけがわからなくなっていたのです」

(白々しい言い訳をするな!)

きっと朝吹の入れ知恵に違いない。

被害者の大学生は、事故直後意識不明になっており、その後意識が戻ったものの、殴られたときの状況はあやふやだ。

だから朝吹は過失傷害罪で争うつもりらしい。

百歩ゆずって、被告人に殺意はなかったとしよう。

だが、男はバットまで持ち出して被害者を殴っているのだ。

それで過失傷害罪というのは無理があるだろうが……。

過失傷害罪とは殴られて殴り返し、相手に怪我を負わせた場合に適用されるものだった。

朝吹は過失傷害罪に持ち込み、執行猶予付きの判決を引き出そうとしているに違いない。

俺は猛然《もうぜん》と反論した。

「それはおかしいですね。あなたは、私が取り調べたときには落ち着いておられたようですが」

「異議あり！」

（なんだと……！）

「弁護人どうぞ」

「裁判長、検事は被告人を意図的に威圧《いあつ》しようとしています」

朝吹は毅然《きぜん》とした顔で言い放つ。

（俺の何処《どこ》がだ！）

俺は思わず弁護人席の彼を睨み付けた。すると朝吹は、不敵な笑みを浮かべて俺を見返した。

それからというもの彼は俺に対して、けんか腰とも取れる弁論を始めた。

その結果、「異議あり！」、「問題ないと考えます！」の応酬《おうしゅう》となり、初公判は大荒れとなった。

冷静に見ても、道理は俺の方にある。

だが、朝吹はまるで自分の方に正義があるとばかりに、理路整然《りろせいぜん》と過失傷害罪を主張し、裁判官を納得させんばかりの弁論を繰り広げた。

その挙句に男が母親を早くに亡くし、いかに寂しい子供時代を送ったかを熱弁し、裁判官の同情を惹《ひ》こうとまでする。

まるでテレビドラマのワンシーンを見ているような格好良さで、俺は彼のパフォーマンスに完全に圧倒されていた。

朝吹には、司法修習生の頃からこうやって何度もやりこめられていたのだ。

それだけに俺はますます腹立たしくなっていた。

そのとき、冷静でいなければいけない公判で、個人的な感情に流されていた俺はすでに彼に負けていたといえるだろう。

結局、次の公判に、事件が起きたときに被害者と一緒だった恋人を証人として呼ぶことになり、傷害事件の初公判はこうして終わったのだった。


(畜生……!)

鈴掛支部に戻っても俺の怒りはおさまらなかった。

朝吹は退席するとき、俺の方を見てクスリと笑ったのだ。

(あの野郎!)

あれは彼が勝ちを確信したときの顔だ。

司法修習生の頃からいけ好かない男だったが、相変わらずろくな奴じゃない。

（見ていろよ。次は絶対に朝吹をアッと言う目に遭《あ》わせてやる！）

俺は拳《こぶし》を握りしめると固く誓ったのだった。

いくら被害者が事件前後の記憶がはっきりしないとはいえ、車に同乗していた恋人の証言もある。どんなに朝吹が無茶苦茶な弁論を繰り広げても、真実を曲げることは無理だ。

それなのに彼のあの勝ち誇ったような態度はなんだ。

二回目の公判は来月に決まったが、何か企んでいるのかもしれない。

（こうなったら証拠を徹底的に集めてやる！）

俺はすぐに傷害事件を捜査した警察署に連絡を入れて、見落としがないかの追跡調査を頼んだ。

（ふざけるな！　朝吹庸介め！）

そこへ席を外していた岩根さんが戻ってきた。

「お帰りなさい。どうでした？」

「それが……」

思わず彼に愚痴《ぐち》ろうとしたら、岩根さんはすぐに時計を見て慌てだした。

「検事、午後からは被疑者の取り調べが入っていますので、急いで資料に目を通してください」

「あ……、はい」

（そうか、今日は草野球の練習日なんだ……）

岩根さんはしっかりした人だが、少しでも帰るのが遅くなると露骨《ろこつ》に不機嫌になってくる。そんなに草野球が大事かと聞きたいほどだが、聞くに聞けない。

よほどのことがないかぎり、彼は時間通りきっちりと帰っていく。

俺としては仕事がスムーズに運んで嬉しくはあるが、正直言うとそんな彼に不満を持っていた。

なにしろ俺は、ベテランの検事ではなく、まだ経験の少ない駆け出しだ。

それだけにまるで機械のように仕事をこなしながらも、これでいいのかと思ってしまう。

だけど、検事としてやらなければいけない仕事は山のようにあった。

その日は公判だけではなく、ある強盗殺人事件の取り調べも入っていた。

同時に数件の事件を抱えるのはいつものことだし、時間制限のある身柄事件を担当することも多い。検事という仕事は本当に忙しい。

朝吹にいいように振り回されたのはむかつくが、次の公判で取り返せばいいのだ。

（道理は俺の方にある。朝吹なんかに嘗められてたまるか！　頑張るぞ！）

俺は気持ちを切り替えることにした。

「強盗殺人事件の取り調べでしたよね」

「はい。最初はひき逃げ事件と見られていたものです」

「ひき逃げ……？」

「そこに警察から送られてきた資料を置いています」

「ああ、すみません」

俺は慌ててデスクの上に置かれた書類を取った。

（被害者は大間伸二《おおましんじ》、46歳、オオマ商店社長か……）

南区《みなみ》の大京町《だいきょう》の路上で、大間社長がひき逃げ事故に遭い死亡したのは、六月二十八日の午後十一時頃だった。

大間社長はその近くで食品雑貨の店を経営しており、その日の売上げをA銀行の夜間金庫に預けに行く途中の出来事だった。

「夜間金庫に一人で、それも徒歩で預けに行くなんて、普通は考えられませんよね」

岩根さんが、取り調べの準備をしながら呆《あき》れたように言う。たしかにそうだ。

だが資料によると、大間社長は事件の夜に酒を飲んでおり、そのために徒歩で出掛けたらしい。

A銀行はオオマ商店から車で二、三分ほどの距離にあった。

もちろん妻のなるみは、なにかあったらいけないから自分が運転していくので車で行こうと言ったそうだが、大間社長は酔いさましにちょうど良いからと一人で出掛けたらしい。

「被害者は、毎日閉店後にA銀行の夜間金庫に必ず預けに行っていたそうですから、油断があったとしか思えません」

「そうですね」

その大間社長が事故に遭ったのは、A銀行の手前の路上でだった。

道路を横断しようとして、前方から来た車に轢《ひ》かれた。

(頭部打撲《だぼく》により死亡かぁ……)

事故を起こした後、大間社長を轢いた車は現場から逃げたが、それを目撃した者がおり、走り去る車の色と車種を覚えていた。

それですぐに容疑者の洗い出しがおこなわれた。

事故現場は、見通しのよい直線道路であり、鑑識の調べでは現場にはブレーキの跡も見られなかった。そのために事故は、運転手が脇見か居眠りでもしていたのでおきたのではないかと考えられた。

だが、大間社長がそのとき持っていたはずの黒のバッグが事故現場から無くなっていた。

そのバッグの中にはその日の売上金、三百万近くが入っており、犯人が持ち去った可能性が高かった。

こうしてひき逃げ事件は、強盗殺人事件に切り替わったのだった。

警察から送致されてきた被疑者の名前は、市原洋平《いちはらようへい》、21歳、運送会社勤務。

市原は、中学時代からオオマ商店でアルバイトをしており、大間社長がいつも閉店後に売上金を夜間金庫に預けに行くことも知っていた。

市原は警察の調べに対して、素直に大間を車で轢いて殺したことを認め、黒のバッグは現金が入ったままの状態で彼のアパートの部屋から見付かった。

こうして市原は鈴掛支部に、強盗殺人罪で送致されてきた。

（犯行の動機は……妻の借金か）

犯罪に区別はないが、殺人事件を取り調べるのはやはり気が重い。

検事に成り立ての頃は、被疑者が目の前の椅子に座っただけで、緊張して震えそうになったものだ。さすがに今はそんなことはなかったが、それでも人が人を告発するのは勇気がいる。

だが、検事がそんなことではいけないのだ。

そんな俺にひき替え、岩根事務官は慣れた手つきで調書作成の準備をしている。

警察から送られてきた強盗殺人事件の資料を読みながら、俺は一つだけ不信に思った。

（あれ……？）

市原は警察の取り調べに対して、最初は自分が大間社長を車で轢いて殺したことはすぐに認めたものの、金目的の犯行であることは否定していたのだ。

そのうえ彼は、大間社長に頼まれて殺したのだと供述している。

（妙だな……）

大間社長から、自分はガンで余命三ヶ月と宣告されており、店の経営も上手くいっておらず、このままだと倒産するから、自分が死んで保険金を残したいので手伝って欲しいと頼まれたと言う。

彼の部屋から見付かった金は、その報酬として大間社長から貰《もら》ったものだと言い張った。

だが警察の調べでは、大間社長はガンなどではなく、店の経営も順調だった。

それを刑事から告げられると市原は、今度はすんなり自分が金目的で大間社長を殺したことを認めた。

「被疑者は、最初の警察の取り調べでは、大間社長に頼まれて殺したと供述していますね」

「たまにあるんですよ。誰だって少しでも罪を軽くしたいですから、自分の都合のいいように言うんです」

「そうですね……」

たしかに自白したからと言って、それがすべて正しいとは限らない。

狡賢《ずるがしこ》い者もいるし、被疑者本人が事実を間違えている場合もある。

だが俺は、なんとなく引っかかるものを感じた。

「それでは、同行室に連絡を入れて貰えますか？」

俺は岩根さんに、同行室の受付に電話を掛けて市原を連れてくるように頼んだ。

しばらくして市原がやってきた。

市原は、ジーンズに半袖のTシャツという服装だった。

痩せてはいたがガッチリとした体つきをしており、腕の筋肉は盛り上がり、胸板もかなり厚い。

髪は短髪で浅黒く、人の良さそうな顔立ちで、強盗殺人事件を起こしそうにはとても見えない。

どちらかといえば純朴《じゅんぼく》そうな男だった。

「お名前は？」

「市原洋平です」

「おいくつですか？」

「二十一歳です」

「生年月日を教えてください」

ほとんどの被疑者が、取り調べになると緊張して落ち着かないものだが、市原は俺の質問に落ち着いた態度で答えた。

「お仕事は？」

「運送会社に勤めています」

「ご家族は？」

「妻がいます」

「お名前は？」

「愛奈《あいな》です」

「お子さんは？」

「いません」

俺は彼に取り調べの主旨を説明した後、いつものように被疑者に与えられた権利を告げる。

「あなたには黙秘する権利と、弁護士を選任する権利があります」

市原はジッと唇を嚙《か》みしめてそれを聞いている。

「六月二十八日の午後十一時頃、南区大京町の路上でオオマ商店社長である大間伸二さんを……。以上、間違いありませんか？」

「間違いありません」

素直に犯行を認めた。

市原は取り乱すこともなくしっかりとした口調だった。

それで俺は、彼が罪を認めて悟《さと》りきっているのかと思った。

だが、彼からは事件を起こしたことへの反省と、大間社長への謝罪の様子があまり感じられない。別に泣いて謝れとは言わないが、市原のそんな様子に俺は不信感を持った。

俺はまだ検事として向き合った被疑者の数はそれほど多くはなかったが、彼の態度は他の被疑者とはどことなく違っていた。

「市原さん、あなたは警察での取り調べに、最初は被害者の大間さんに頼まれて殺したと供述していますが？」

俺がそう聞くと、市原は突然怖い顔で俺を睨み付ける。

（え……？）

そして、いきなり立ち上がった。

「市原さん……」

「俺が社長を殺したんだ!!」

彼は突然、さっきまでとは別人のように喚《わめ》きだした。

「俺がやったんだよ！」

「市原さん、落ち着いてください」

俺はそんな市原を慌てて落ち着かせようとしたが、彼は聞こうとはしない。

興奮した市原は俺に摑みかからんばかりに喚く。

「検事さん、さっさと俺を死刑にしてくれ！」

「わかったから、落ち着いてください！」

だが、その日はなにを言っても市原は喚くだけで、俺はそんな彼を静めることができずに取り調べは後日となった。

岩根さんには呆れられるし、部長からは被疑者を興奮させてどうすると注意を受けてしまった。

いくら市原が犯行を認めてはいても、彼を起訴するには殺害時の事実確認をする必要がある。

それで俺はしかたなく、彼の勾留《こうりゅう》請求の手続きを取ったのだった。


（まずったよなぁ……）

仕事を終えて自分のアパートへ帰ったものの、俺はどっぷりと落ち込んでいた。

いくら市原が観念したような様子だったとはいえ、取り調べで興奮させてしまうなんて検事としては失格だ。

(だけど、どうしていきなり喚きだしたのだろう?)

市原を興奮させてしまった俺も悪いが、なぜ彼が急に態度を豹変させたのかまるでわからない。

(そういえば、疑問を残すな。それを後回しにするな行動しろ……とも、言われたよなぁ。俺ってやっぱり検事に向いていないのかなぁ……)

司法修習生時代の捜査修習で、取り調べは「まず徹底して聞くことが大事だ」と教えられていたが、実際に検事になってみると、仕事は想像以上に多くてそれに忙殺《ぼうさつ》され思うようにはいかない。

朝吹と法廷でやり合ったこともあり、おかげでその夜はすっかり滅入《めい》ってしまった。

それで、酒はほとんど飲まないのだが、憂《う》さを晴らしたくて冷蔵庫に入れっぱなしになっていた缶ビールを空けた。

酒でも飲まなければやっていられない気分だったのだ。

ワンルームのこの部屋はA地検に配属になってから借りたものだったが、十畳の部屋にベッドと机を置くと少し狭いが、一人暮らしには充分な広さだった。

実家は兵庫で、大学もずっと自宅から通っていた。家を出たのは司法修習生になり、実務修習先がT地方検察庁に決まってからだ。

同期は千人近くいたというのに、むかつくことにあの朝吹も同じ修習先だった。

実務修習の間、奴にはどれだけ煮え湯を飲まされたかわからない。

市原のことも気になるが、朝吹のスカした顔を思い出すと、また怒りが沸々《ふつふつ》と湧いてくる。

(あの野郎……)

「今に見ていろ~！」

俺は誰もいない部屋で、思わず喚いて、グイッと缶ビールを呷ったのだった。

「嘗められてたまるか！」

ところが、普段は飲まないせいかどうやら酔っぱらってきたらしい。

それで俺は飲むのをやめると、そのまま傍らのベッドにごろっと横になった。

ムカムカしたので気晴らしのつもりで飲んだのだが、逆効果だったらしい。

俺はどうも酒との相性があまりよくない。

そのうちにだんだん目の前がグルグル回ってきて、息が苦しくなってくる。

司法修習生時代に、一度酒を飲んで大失敗をしているというのに、俺はうっかりそれを忘れていたのだ。

誰にだって消したい過去の一つや二つはある。

俺にだって若気《わかげ》の至りで片付けられないこともある。

俺の場合は法に触れるようなことをしていないことだけが救いだが、それは俺にとっては、できることなら消してしまいたい出来事だった。

あれは二回試験が終わった後だった。

司法修習生は、一年半の実務修習を終えると卒業試験が待っている。

いわゆる「二回試験」と呼ばれるものだが、それに合格して初めて卒業証書が渡される。

その二回試験が終わった後、これですべてが終わったという開放感から、同期数人で打ち上げと称して飲み会を開いた。

卒業したら、裁判官になるもの、弁護士になるもの、検事になるものとそれぞれに道が分かれてしまうので、もう二度と同じメンバーで会うこともないと思われた。

最初は、同期の親戚が経営している居酒屋で飲んで、その後二次会に流れた。

一人減り二人減りして、最後には誰かと二人だけになった。

そしていつの間にか、河川敷《かせんじき》に作られた公園にきていた。

もうすぐ十月だというのに、その夜はTシャツ一枚でも平気なほど暑い夜だった。

公園は川に沿って細長く広がっており、その中程には草野球ができるような小さなグラウンドがあった。

そのグラウンドの横に、屋根付きの木で作られた休憩所があった。

もちろん壁もなにもなく、真ん中に四角いテーブルがあり、その周りを取り囲むように木の椅子が置いてあるだけで、四人も座れば一杯になるような簡単な造りのものだ。

俺はその椅子の一つに座ってぼんやりと川を眺めていた。

公園には街灯は点《つ》いていたが、少し離れていたところにあったのであたりは薄暗かった。

俺の隣には誰かが座っていた。

その相手と議論をしたことは覚えている。たしか、人は善か悪かで言い争いになった。

俺は、どんな犯罪を犯しても人の根本は「善」だと主張した。

すると相手は、それは理想論だと言い返してきた。

それで俺は、人が人を信じられずに誰が人を信じると言い張った。

だが相手は、そんな俺を小馬鹿にしたように言う。

それではあなたは、どんなに理不尽《りふじん》なことをされても許せるのかと……。

だから俺は許せると答えた。

そして……。

今、思い返しても、どうしてあんなことをしたのか自分でもわからない。

だがそのとき俺は、ぐでんぐでんに酔っぱらって気持ちが大きくなっていた。

許す許さないの言い争いになり、そのうち俺は意地になって喚いた。

「許すって言っているだろう！」

そうしたらいきなり、傍らのテーブルの上に押し倒されたのだ。

それはあまりに突然のことだったので、俺は咄嗟に殴られるのかと思った。

ところが、男は俺が着ていたTシャツを一気に首まで引き上げる。

そのとき俺は、何が起きたのかわからなかった。なにしろ自分が同じ男の欲望の対象になるなんて想像したこともなかった。

世の中にはそういう性癖《せいへき》の人がいることは知っていたが、頭では理解していても、そのときまで実際には身近にそんな奴はいなかった。

だから相手が本気だと気づいたのは裸にされて、テーブルの上に俯《うつぶ》せにされたときだ。

迂闊《うかつ》と言えば迂闊だったと思う。

だけど男に生まれて二十数年、それは初めての出来事だった。

「何をするつもりだ！」

「あなたに最高の快楽と最低の屈辱を与えてあげるんですよ」

「え、快楽……？」

「あなたを見ているとムカムカする。どん底に突き落としてやりたくなる」

俺を組み敷きながら相手はそう言って、俺に対して露骨に敵意を露《あら》わにした。

だが、そんな男の声には悲鳴のようなものが混じっていた。

あのとき、理不尽な目に遭わされようとしているのは俺だというのに、まるで男の方が追い詰められているようだった。

なぜなら俺を拘束する力は強かったが、彼の手が微かに震えていたからだ。

彼はまるで俺に縋るかのようだった。

だから、俺が死ぬ気で抵抗すれば、そこでやめたかもしれない。

だけど俺はなぜかできなかった。それほど男は、傲慢な口調とは裏腹に、全身に悲壮感を漂わせていた。

「あなたと……したい」

耳元に熱く囁《ささや》かれて、俺はゾクッと身体を震わせた。

男の声は、まるで妖艶な魔物の囁きにも似て、酷く官能的で艶やかだった。

その声は夜風に包み込まれて、闇の中へ溶けていく。

俺の身体は酒のせいか、火照《ほて》っており、夜風に肌を晒しても寒いと感じないほどだった。

なにかが俺の中で蠢きだした。それは俺の理性を振り切って、少しずつ身体中に広がっていく。

俺はそんな自分の変化に戸惑っていた。

男は俺を背中からギュッと抱き締める。木のテーブルが俺たちの重みで鈍い音を立て軋んだ。

俺が男の重みに耐えかねて低く呻くと、男の唇が躊躇いがちに俺の背中に触れた。

(あ……！)

それはくすぐったいような何ともいえない感触だった。他人に触られて感じるなんて……。

(そんな……馬鹿な！)

男はそのままそっとキスを繰り返していく。

彼に触れられた部分は、すぐに熱を持ったようにジンジンと疼《うず》き始める。

相手が同じ男でも触られれば感じることを、俺はそのとき知ったのだった。

心のないSEX。本気でも何でもなく、ただ身体だけの行為。

そんなものを俺は認められないし、認めるつもりもなかった。

SEXというのはもっと純粋でなければいけないのだ。

だから、酔いも手伝って身体は発情したように熱くなってはいたが、快感に流されそうになるのをギリギリのところで押し殺していた。

そんな俺を、男は挑発するように執拗に愛撫を繰り返していく。

何度も何度も俺の背中にキスを繰り返しながら、もう一方の手をテーブルと俺の胸の隙間に潜り込ませて胸をまさぐった。

そのうち俺の乳首は、男にさんざん弄られているうちに硬く撓《しな》りだしてきた。

（う……っ！）

俺は思わず喘ぎそうになり夢中で我慢した。すると男は、次に爪で乳首の先端を軽く突く。

とたんに痺れたような疼きが、足のつま先から脳天まで一気に駆け上る。

「やぁ！」

思わず声を漏らしていた。壮絶な快感が俺を襲う。少しでも気を抜けば流されそうな気がしていた。力の限り、テーブルの端を摑んで耐える。

男の唇は少しずつ下へと下がっていき、俺の胸を弄っていた手も俺自身へと落ちていく。

今までちゃちなオナニーしかしたことのなかった俺の身体は、初めて味わう快感にのめり込んでいこうとする。

それを俺は必死に押さえ込んだ。

だが、そんな俺の抵抗も、男の巧みな愛撫の前には跡形もなく消え去っていた。

そのうち男は舌で俺のそこを嘗め始め、入り口の襞をほぐし始める。

強く、優しく、交互に舌と唇で攻めた。

「やめ……ろ！　嫌だぁ……！」

身体を仰け反らせて腰を引こうとしたが、男はそれを許そうとはしない。

さらに強い力で俺のそこを自分の方に突き出させる。

それを何度か繰り返しているうちに、俺の身体からは汗が噴きだし、ボトボトとテーブルの上に落ちていった。

川から吹きあげてくる夜風が俺の髪を散らして通り過ぎる。静かな公園に俺たちのむつみ合う音が広がっていく。

俺はいつしか肩で荒く息を吐いていた。身体はさらに熱く猛りだし、どうすることもできなかった。テーブルを握りしめている手はいつしか小刻みに震えていた。

「あぁ……っ！　はぁ……！」

男は舌で堅い襞をほぐすと、次に指を差し込んで中を弄り始めた。

俺はもちろんそんな行為は初めてだったから、そこは男の指をすんなりとは受け入れない。

指を入れられた瞬間、痛みが走り、俺は小さな悲鳴を上げた。

すると男はすぐに握りしめていた俺自身をギュッと扱く。

とたんに今度は甘い疼きがそこから駆け上ってきて、俺は身体を支えていられずにテーブルに倒れ込んだ。

そんな俺の尻を男がもう一度持ち上げる。

それはまるで獣の交尾のような姿勢だった。

だけど袋ごとやんわりと俺自身を扱かれ、何も考えられなくなっていく。

情けないことに、俺のものは少しずつ堅くなり欲情していた。

張りつめだしたそこはしだいに疼き始め、俺を淫らな獣へと落としていこうとする。

男はさらに指を二本に増やす。

二本の指で中をかき回され、俺はたまらず頭を思いっきり振る。

身体中の血が沸騰し、そこからなにかが溢れだしてくる。

本来ならば受け入れるはずではないそこを弄られているというのに、俺は快感に呑み込まれていた。

「息を吸って」

そんな俺に男は優しく命令してきた。

「あ……」

しかたなく命じられるまま息を大きく吸う。すると今度は息を吐けという。

それで俺は吸い込んだ息を思いっきり吐いた。

そのたびに男の指を受け入れているそこが収縮する。

「繰り返して」

言われるまま深呼吸を繰り返す。指はさらに奥へと入ってくる。

男の唾液が円滑油となってそれを助けたが、さすがに無理があった。

俺自身はいつしかこれでもかと思うほどに堅く張りつめ、先端から我慢できなくなった蜜がボトボトと流れだしていた。

「うっ！　あぁ……っ！　はぁ……ん！」

いつしか俺は我を忘れて喘ぎだした。

すると男は流れ出した蜜を指の先で掬って、俺の後ろへと塗り込んでいった。そして何度も執拗にそこをほぐし続けた。

後で思えば、男は強引に事を進めながらも、常に俺の様子に気を配っていてくれたような気がする。なぜならそこに自分の猛ったものを突き入れてきたときさえ、一気にことを進めようとはしなかった。

俺の腰をギュッと自分の方へ引き寄せ、そこを片手で開かせた。

さっきまでさんざん弄られたせいでそこはあさましく震えていた。

開かされたはずみで、中に入れられた蜜がドロリと滴《したた》り落ち、俺の太ももを濡らして流れる。

男はそこに自分の猛ったものをそっと押し当てた。

(あ……!)

焼け付くような熱い固まりをそこに感じて、俺は思わず身体を硬くしていた。

だが男は、その鼻先で俺のそこを軽く擦っただけで、すぐに入れようとはしない。

そのまま何回も擦っては離し、擦っては離しを繰り返す。

まるで生殺しにあっているような感じだった。

男の堅い塊が俺の襞を少し押し広げる。男のものも濡れだしたらしく、それが俺の蜜と混ざってドロドロになり、そこはさらに濡れて滴り落ちていく。男の獣の匂いが立ち上がる。

俺は全裸で男に組み敷かれて尻を突き出しているのだ。

そこはめいっぱい開き、男の堅い塊を今にも呑み込もうとしていた。

俺自身は、男の手の中でまるで水から上げられた魚のように、もっと強い刺激が欲しくてビクビクと震えていた。

俺はそのとき初めて自分の迂闊さを後悔した。

だが、火の点いた身体は静まることがなく、男の愛撫にさらに煽られ続ける。

そのうち男は我慢できなくなったのか、そっと突き入れてきた。

「うわぁ！」

それは身体を真っ二つに引き裂かれるような激しい痛みだった。

なにしろ初めてそこに他人の猛ったものを受け入れたのだからあたりまえだ。

だがその痛みは俺の想像以上に激しく、男の塊が少しでも動くたびに激痛が走った。

それでも、同じ男だからここまできたら引き返せないことぐらいわかっている。

挿入の痛みに耐えようとギュッと歯を食いしばると、それに気づいた男が、俺の口に自分のハンカチを噛めとばかりに押し込もうとする。

「そんなに噛んだら唇が切れてしまいます」

俺はしかたなく口を開いて彼のハンカチを銜《くわ》えた。

あまりの激痛に俺の酔いもどこかへいってしまっていた。

男はそんな俺の様子を窺いながら、少しずつ腰を進めていく。

ハンカチをギュッと噛みしめて必死に耐える。

だがそのうち俺は、あまりの激痛に耐えきれなくなって、銜えさせられていたハンカチを離して喚いた。

「やめろ！　もう……嫌だ！」

「すみません。もう少し、もう少しだけ我慢して」

俺の悲鳴が静かな公園に響き渡ったが、男はやめようとはしない。

「やぁ……！」

そのうち俺は、いつしかすすり泣いていた。

それでも男に対して哀願しなかったのは、せめてもの俺のプライドだ。

男は挿入のショックで萎《な》えた俺自身を再び扱きながら、ゆっくりと突き入れてきた。

目の前に赤い閃光《せんこう》が走り、涙が止めどなく流れてくる。

受け入れさせられているそこは焼き付くように痛く、身体がバラバラになるような恐怖が襲う。

苦しくて、辛い。

「あ……っ！　あぁ……！」

そのうち俺は身体を切り刻まれるような痛みから、少しでも逃げようとしていた。だから、男が与えるわずかばかりの快感に縋り付いた。

俺自身は男の手で扱かれ、あさましいことに再び張りつめだしていた。

俺は男に許してくれと哀願する代わりに、それにのめり込んだ。

気がつくといつしか、そこをもっと強く扱いて欲しくて、男に向かってねだるように尻を振っていた。

自分でもあさましいと思う。だが、そうでもしなければ激痛から逃れることができなかった。

すると男はそんな俺に気づいて握りしめていたものを強く扱き始める。

さらに快感を与えられ、痛みと快感が交互に俺を攻め立てていく。

俺の口からは声にならない声が漏れだし、俺は欲望に流されだした。

男はそんな俺の様子をジッと窺っていたが、俺が感じ始めたのを見てすべてを受け入れさせようと動き始めた。

「あ……！　うっ！　あぁ！」

そして男がようやくすべてを俺の中におさめたとき、俺は痛みと快感に我を忘れていた。

後ろに男の猛ったものを突き入れられながら、俺のものは欲望に呑み込まれて張りつめていた。

先端は大きく膨らんで、ジンジンと疼きだしていた。

思わずテーブルにその先端を擦りつける。

「あ……ぁ……！」

なんともいえないほどの快感がそこから上がってくる。

とたんに俺は後ろに受け入れている男の塊をギュッと締め付けた。

すると男は低い声を上げて身体を震わせる。

その声は、しっとりとしたベルベットボイスで俺の耳を刺激した。

同じ男の声がこんなに色っぽいと思ったのは初めてだ。

痛みは相変わらず続いていたが、快感はその痛みさえ呑み込んでいく。

汗と涙がボトボトと止めどなく流れ、俺は全身でわなないた。

前も後ろも、上も下も、濡れていく。

理性も意地も忘れ、ただの獣に落ちて盛《さか》り合う。

いくら夜の公園とはいえ、誰に見られるかもわからないこんなところで……。

それでも欲望に呑み込まれた俺は男から逃げることはできなかった。

そのうち男は、再び動き始めた。そしてひたすら絶頂へむかって駆け上っていく。

「あ！　うっ……！　やぁ……っ！」

歯止めの利かなくなった俺の口からは次々と声が漏れだし、俺はいつしか男の動きにあわせて身体を揺すり続けていた。

テーブルがギシギシと揺れる。目の前は涙と汗で見えなくなる。

欲望に呑み込まれた身体はさらなる快感を求めて飢えていく。

だからおかしな話だが、男がいついったのかさえわからない。

男が感極まって声を上げたのは気づいた。

だが、その後、どうしたのかはまるで覚えていない。

俺はいっそう強く俺自身を扱かれたときに、一気に上り詰め、次の瞬間意識を無くしていたのだった。

次に気づいたときには翌朝で、アパートの自分の部屋だった。

ご丁寧なことにきちんとパジャマを着て布団に寝ていた。

（あれ……？　俺はどうしたんだっけ……？）

昨夜のことはまるで覚えていなかった。

だから最初はただの二日酔いかと思っていた。なにしろ頭はガンガンして疼き、立ち上がるのさえ億劫なほど辛い状態だった。

だけど、二日酔いにしてはあまりにもおかしい。身体は正直だったのだ。それで必死になって思い出そうとした。

そして、自分が酔っぱらってとんでもないことをしたことだけは思い出した。

だが、相手が誰だったのかはっきりとした記憶はなかった。

一緒に飲んでいた同期のうちの一人に間違いはないとは思う。

（どうしてあんなことをしてしまったんだろう……）

今、思い出しただけでも気が滅入ってくる。

あの後、身体の痛みはしばらくして治ったが、気持ちは晴れなかった。

いくら酒を飲んだ上の若気の至りとはいえ、あまりにも酷すぎる。

よりにもよって同性とあんなことをしてしまうなんて……。

自分が自分で信じられない。できることなら今でも、あのときの記憶をすべて消してしまいたいほどだ。

それでも検事としての任命式も迫っていたし、俺は忘れることにした。

もちろん簡単に忘れられるようなことではないのはわかっていたが、すべてを思い出したら泥沼に落ち込みそうで怖かった。それ以来、俺は自分の家以外で酒を飲むのをやめたのだった。


朝吹に会ったせいか、俺は思い出したくもないことを思い出してしまった。

おかげで翌日の朝は最悪の状況だった。

それもこれもみんな彼のせいだ。

八つ当たりだとわかってはいたが、むかつかずにはいられない。

なんとか遅刻しないで済んだのが不幸中の幸いだった。

あの夜のことは忘れたつもりだったのに、朝吹と会っただけで思い出してしまうなんて情けない。

(あれはどうみても強姦《ごうかん》罪での起訴は無理だな)

あれが和姦だったと認めるのは、男としてのプライドが許さないが、強姦罪での起訴は難しいだろう。

（まてよ……俺は男だから、強姦罪は適用できないから、起訴するなら暴行罪か……）

いまさら、そんなつまらないことを考えても馬鹿馬鹿しいのだが、そんなことでもしなければまた気持ちが滅入ってきそうだった。

その日も俺は、昨日に引き続いて市原の取り調べをおこなった。

彼は相変わらず自分が大間社長を殺したのだから、さっさと死刑にしてくれと言うばかりで、殺害時の詳しい状況を聞こうとしても埒があかない。

肝心な部分になると、警察で話したとおりだと言って、俺の質問には何一つ答えようとはしなかった。

その挙句に市原は、どういうわけか黙秘してしまい、取り調べは少しも進まなかった。

俺はそんな彼からなんとか聞き出そうとしたが、市原はジッと目を閉じたままで動かない。

まるで俺の声が聞こえていないような態度だ。

ただ、時間だけが無情にも過ぎていき、そのうち岩根さんが苛ついてきた。

予定通りに仕事が進まないと彼は露骨に不機嫌になる。

言葉ではなにも言わないのだが、なんとかしろと言わんばかりに、責めるように俺を見る。

市原は無言だし、岩根さんからはガン飛ばされるし、俺はほとほと困ってしまった。

それで俺はとうとう根負けし、その日も市原の取り調べを諦めたのだった。

俺はこうして自分の不甲斐《ふがい》なさを、二日続けて痛感することになった。

だが、どう考えても市原がいまさら黙秘をする理由がわからない。

彼は罪をすべて認めている。証拠はすべて揃っており、疑う余地はない。

殺害に至った動機も、殺害方法も警察の調べ通りで、おかしな点は何処にもなかった。

唯一気になったのは、市原が最初に大間社長に頼まれて殺したと供述した点だが、それも彼が言い逃れをしようとしたと考えられなくもない。

(それなのになぜ……?)

俺は訳がわからず唸《うな》るしかなかった。

(部長に相談するか……)

気弱になりかけたとき、先に昼食を取りに行ったはずの岩根さんが戻ってきた。

「吉野検事、お客様です」

(え……誰だ?)

岩根さんの後ろから入ってきたのは朝吹だった。

(どうして……?)

俺は彼を見て、驚きのあまり、思わず椅子から立った。

すると朝吹は毅然とした足取りで俺のところまでやってきた。

オーダーメードらしいダークブルーのスーツを着ており、細いブルーの線の入ったシャツに、スーツよりも少し濃いめのネクタイを締めていた。むかつくほど格好良い。

俺なんて紳士服店のバーゲンで買ったスーツだというのに。この差はなんだろう。

「お仕事中失礼します」

「いいえ……」

朝吹は司法研修所の頃から、俺が彼よりも一つ年上なだけなのに、やたらと丁寧な口をきいてきた。

俺としては年は違っても同期なのだし、もっとラフに話せと言いたかったが、彼はどういうわけか俺に対しては一から十まで妙に丁寧だった。

だけど、彼のような切れる男からですます調で話されると、小馬鹿にされたような気がする。

とくに議論が白熱した時なんて、余計に頭にくる。

「それでは検事、私は食事に行ってきます」

岩根さんは朝吹を案内してくると、さっさと執務室を出て行く。

それで俺は朝吹と二人になり、なんだか気まずかった。

立ったまま話すのもなんなので、しかたなく被疑者用の椅子に座るように勧めた。

すると彼は、昨日の初公判の時とは別人のように、にこやかな顔で答える。

「すぐに失礼しますのでお気遣いなく」

もちろんそれは、いわゆる営業スマイルというやつだ。

(それなら来るな！)

俺としては今は、一番見たくない顔だったが、露骨に不愉快な顔をするわけにもいかない。

だけどスカした彼の顔を間近で見ると、やはりむかついてきた。

俺は自然と顔がこわばっていた。

「それで、用件はなんだ？」

「強盗殺人事件の市原さんの弁護を、私が担当させていただくことになりましたので、ご挨拶に伺いました」

「え……？」

「どうぞよろしくお願いします」

「……こちらこそ」

そう答えたものの、俺の頭の中には疑問が起きていた。

なにしろ朝吹庸介ならば仕事の依頼は山ほどあるに違いない。

弁護士料もかなりふんだくっているという噂だった。

そんな彼に誰が依頼をしたんだろう？

「その、一つ、聞いていいかな？　依頼人は誰なんだ？」

「市原さんの奥さんの愛奈さんです」

（え？）

俺はそれを聞いて驚いた。市原の妻は借金を抱えていたはずだ。

その取り立てが市原の勤め先まで押しかけてきて、彼は困ったあげくに今回の事件を起こしたというのに……。

彼女に、朝吹に弁護を依頼するような金があるとはとても思えない。

(それなのにどうして……？)

市原の身内が依頼料を立て替えたのだろうか？

だが資料では、市原は父親を早くに亡くし母子家庭で育っていた。

その母も、彼が定時制高校の二年の時に亡くなり、天涯孤独の身だった。

「では、私はこれで失礼します」

朝吹は挨拶《あいさつ》を済ませると、出ていこうとする。どうやら本当に顔見せに来ただけらしい。

だが彼は、なにを思ったのか、執務室のドアのノブに手を掛けて振り返った。

「あ、そうでした。肝心なことを言い忘れていました。私は市原さんは無罪だと思っています」

(なんだと！)

「徹底して戦うつもりですから、そのつもりでいてください」

「朝吹……！」

「では、お邪魔をしました」

彼は唖然となった俺を尻目に、言うだけ言うとさっさと帰っていった。

「マジかよ……！」

俺は思わず叫んだのだった。


朝吹の真意がわからない。

なにしろ市原は犯行を認めている。目撃者もいるし、犯人だという物的証拠もある。

それなのにどうして無罪を主張する。何処にそんな根拠があるんだ。

いくら朝吹とはいえ、それはあまりにも無謀すぎると思った。

だが一番解せないのは、彼はそれを俺になぜ言いに来たかだ。

自分の手の内を明かすような真似をするなんて彼らしくない。

それとも、俺をからかいに来たのだろうか？

なにしろ彼とは司法修習生の頃から常に対立していた。

もしそうなら余計に腹が立つ。これ以上、嘗められてたまるか……！

俺は朝吹がいなくなった後も、腹立たしくてしかたがなかった。

ところが、岩根さんが意外なことを教えてくれた。

拘留《こうりゅう》した市原が弁護人である朝吹との面会を拒否したと言うのだ。

弁護人は、普通は何度も被疑者と面会して、公判の対策を話し合うものだ。

もちろん公判は弁護人抜きでは開かれないから、被疑者が面会を拒否すれば、公判の時に初めて会うことになる。

それは被疑者にとっては不利なことだった。

俺はますます市原が何を考えているのかわからなかった。

それで俺は、今回の強盗殺人事件を担当した警察の捜査一課長に、もう少し事件のことを調べてくれるように電話をした。

ところがそのときその所轄《しょかつ》では運悪くバラバラ殺人事件が発生していた。

それで捜査一課長は忙しいらしく、もう解決した事件のことなんかいまさらなんだという対応だった。

現場から叩き上げで海千山千の捜査一課長からみたら、新任明けの検事の言うことなんかいちいち聞いていられるかと思ったのだろう。俺は体《てい》よく断られてしまった。

テレビドラマに出てくる検事はしょっちゅう警察に出掛けていったり、時には事務官を相棒に自ら捜査をすることが多い。

だが実際には、変死体が出たときなどに司法解剖《かいぼう》に立ち会うぐらいだ。

それに警察機構には縄張りというのがある。いくら検事でもそれを無視はできない。

同時に複数の事件を抱えているために、一つの事件にそこまで関わってはいられないのだ。

一番の問題はやはり時間の壁だと思う。

起訴をするかしないか処分を決めるまでの時間は法律で定められており、事件が増えれば増えるほど事務処理に追われることになる。

だけど俺は、検事という仕事は、被疑者から供述調書を取って裁判所に起訴すればいいというわけではないと思っていた。

だからその翌日、休みを利用して市原の事件を調べてみることにしたのだった。

本当ならば単独調査はあまりよくないのだが、岩根さんに同行してくれと頼むわけにもいかない。頼んでも断られるだろう。むしろなぜそんなことまでするのかと言い返されるのがオチだと思う。

それでも、このままなにもせずに指を銜えて初公判を待つわけにはいかなかった。

朝吹が無罪で争うと宣戦布告をしてきた以上、有罪に持ち込めるだけの確たる証拠を集める必要がある。証拠は多ければ多いほどいい。

いくら市原が彼との面会を拒否したといっても、相手はあの朝吹庸介のことだ。どんなパフォーマンスを考えているかわからない。油断はならなかった。

それで俺はまずオオマ商店へ行ってみることにした。

事件の夜の大間社長の様子を確認してみようと思ったのだ。

オオマ商店へ行くと、店はシャッターが降りていたが、横の駐車場にジャガーが一台停まっていた。

大間社長は、警察の調べでは倹約家だったと聞いていたので、社長の車にしては派手な車だった。

(すごい車だなぁ……。結構、儲《もう》かっていたんだ)

普段見たこともない高級外車に感心しながら、店の裏へと回ってみた。

店の裏には、空のカート類が何台も放置してあり、ゴミ捨て場には潰《つぶ》したダンボール類が山のようになっている。

溢れだしたダンボール類が風に飛ばされて、ゴミ捨て場から少し離れたところにあった簡易の焼却炉の辺りにまで散らかっていた。

大間社長が亡くなったので、どうやら片付ける暇がないらしい。

店の裏には人の姿は見えなかったが、店の中から話し声が聞こえており、誰か中にいる様子だった。

通用口らしいドアを開けて、「すみません」と一声声を掛けると、中から誰かが話しながら出てきた。

一人は女性で、年の頃は四十歳ぐらいだろうか長い髪を後ろで一つに結び、半袖のシャツにジーンズという軽装だった。

細面の顔立ちだが目は一重で、化粧もなにもしていないせいか、ひどく地味に見えた。

もう一人は……朝吹だった。

俺は彼を見て唖然としていた。朝吹の方も俺を見て驚いた顔をする。

「吉野さん……？　どうしてここへ？」

「それは俺の台詞だ。君の方こそなんだ？」

俺が聞くと彼は当然だという顔で答えた。

「奥さんに、少しお聞きしたいことがあって伺ったのです。奥さん、こちらは吉野さんです。事件を担当されている検事さんです」

彼が俺をその女性に紹介すると、彼女は慌てて挨拶をした。

その女性が、被害者である大間社長の妻のなるみだった。

「お世話をお掛けします」

「とんでもありません。このたびはご愁傷様《しゅうしょうさま》でした」

俺は、なんで朝吹から紹介されなければいけないんだと思ったが、しかたなく挨拶を返した。

「あの……なにか？」

なるみは心配そうな顔で聞く。

たしかに弁護士と検事が続けてきたら、不安に思うのも無理はない。

「ご主人の事件のことを確認したいことがあって伺いました」

俺がそう答えると、朝吹が横から口を挟んできた。

「一人でですか？　事務官の方が一緒ではないんですか？」

(煩《うるさ》いな……この野郎)

朝吹は俺が一人なのを怪訝《けげん》に思ったらしい。

「今日は休みだ」

ムッとして言い返すと、朝吹はクスリと笑う。

「新しい証言を得ても、それを聞いたという証人がいないと適用されませんよ」

「そんなことはわかっている」

検事が捜査をする場合は、事務官も同行させるのが通例だった。

「確認したいだけだと言っているだろう」

「そうですか、それはご苦労様です」

（こいつ……！）

嫌みたっぷりに言われて、俺は大人げないことも忘れて彼を睨み付けていた。

すると朝吹は、なぜか楽しそうに微笑んで、眼鏡を指で軽く押さえる。

俺はますます不愉快になった。

「では、私はこれで失礼します。吉野さんの邪魔をしたら悪いですから」

彼は少しも思っていないくせにそう言うと、なるみに「お邪魔をしました」と言って、さっさと出て行った。

俺はそんな朝吹をひたすら睨み付けていた。本当にむかつく男だ。

「あの……検事さん」

「あ、すみません。お忙しいところ申し訳ありませんが、事件の夜のご主人の様子を教えていただけませんか？」

「はぁ？　知っていることは全部、警察にお話をしましたが？」

「確認のためですので、ご協力をお願いします」

「そうですか……。ここではなんですから、ちらかっていますけど、こちらへどうぞ」

「お邪魔します」

俺は彼女に案内されて、入り口のすぐ横にあった事務所らしい四畳半の部屋へと通された。

そこには机と椅子があり、床には足場もないほどに商品の箱が積まれていた。

なるみはその箱を少しどかして、椅子を勧める。

「こんなところですみません。主人があんなことになってなにもする気が起きなくて。まだ片付けていないものですから」

彼女は疲れ切った表情だった。無理もない。いきなり夫を、それも以前アルバイトとして雇っていた従業員に金目当てで殺されたのだ。彼女のショックはかなり大きかったに違いない。

「店のみんなが……そんなことじゃいけない。奥さんがしっかりしないでどうすると励ましてくれるんです」

辛そうになるみは言う。

「検事さん、私はあの市原君が主人を殺したなんて、今でも信じられません。彼のことは中学生いの頃から知っていますが、本当に一生懸命働いてくれて……。主人なんて、私たちには子供がいないものですから、彼を養子にしようかと言っていたぐらいなんです」

なるみはそっと目頭を押さえた。どうやら思い出させてしまったらしい。

「お辛いことをお聞きしますが、事件の夜のことですが……」

「はい、なんでしょう？」

「ご主人は酒を飲まれていたから、歩いて行かれたんですよね」

「そうです。いつもは車で行っておりました」

「普段から飲まれる方でしたか？」

「いいえ。そりゃあ付き合いで飲むことはありますが、それ以外はほとんど飲みません。でもあの日は、改装セールの初日で、凄《すご》く忙しかったものですから疲れたんだと思います。私が車で送ると言ったのに、おまえも疲れているだろうから先に家に帰って休みなさいと……。優しい人でしたから、自分のことよりも私のことを心配してくれて……こんなことに」

なるみはそう言うと、辛そうに唇を噛みしめて俯《うつむ》いた。

「この店を改装して、もっと立派にするというのがあの人の長年の夢でした。だから二人で身を粉にして働いてきたんです。それなのに、やっとその夢が叶うというときになって死んでしまうなんて……私はどうしていいか」

「奥さん……」

「私が代わりに死ねばよかった。私が……」

なるみは耐えきれなくなったのか、ボロボロと涙をこぼし始めた。

俺はそんな彼女にどう声を掛けていいかわからなかった。

そこへ従業員らしい年配の女性が、事務室のドアを開けて声を掛けた。

「奥さん、倉庫の方の片付けは終わりましたけど。あ、すみません。お客さんでしたか」

女性は声を掛けたものの、話し中だと気づいて慌てて謝る。

「あ、原さんごめんね、一人で片付けさせてしまって」

「いいえ、いいんですよ。あの……いらないダンボール類は焼却炉で焼きましょうか？」

「え？」

「ゴミ置き場に入りきれないほどになっていますが」

「ああ、あれは業者に頼んで引き取って貰うことにするからいいわ」

「でも、奥さん……」

「いいから心配しないで。煙で洗濯物が干せないと、近所から苦情がくるといけないから焼却炉は使わないでちょうだい」

「そうですか……」

「それよりお昼に上がって」

「わかりました。それじゃお先にいってきます」

「ええ」

なるみが頷くと、彼女は俺に軽く会釈《えしゃく》をしてドアを閉めた。

「私が主人と一緒になる前から、この店で働いてくれている人なんです。主人がこんなことになってしまい、いろいろと心配してくれまして……」

「この店はご主人が始められたわけではないのですか？」

「はい。店を開いたのは主人の父です。主人が子供の頃に亡くなっていますので、私は義父のことはよく知りません。義父が亡くなった後、主人は昨年亡くなった義母を助けて、この店をここまで大きくしたと聞いています」

警察の資料によると二人は結婚して十年ほどだった。大間社長は今年四十八歳だから、結婚が遅かったといえる。

「去年、義母が亡くなり、今年は主人がこんなことになって……不幸続きで。私はもうどうしていいいか」

「奥さん……」

「検事さん、義母はもう何年も長患《ながわずら》いをして、病院を出たり入ったりしていたから諦めもつきます。でも主人は……。なぜこんな目に遭わなければならないんでしょう。店を改装して、もっと大きくしようとしていたのに」

なるみはそう言うと、また泣き始めた。

俺はそんな彼女にありきたりの慰《なぐさ》めの言葉しか掛けられなかった。

「元気を出してください。今は考えるなと言う方が無理かもしれませんが、あなたが泣いていても亡くなったご主人は喜ばれないと思います」

「……はい。ありがとうございます」

俺はどうも女性の涙は苦手だ。彼女からそれ以上話を聞けそうにもなかったので、俺はまたあらためて来ると断って、早々に店を出たのだった。

それで次に事件現場へ行ってみようと思った。もちろん現場検証の時に撮った写真などの詳しい資料を貰ってはいたが、自分の目で確かめてみたかった。

ところが店を出て表へ戻ると、ジャガーの運転席のドアが開き朝吹が降りてきた。

(これは朝吹の車だったのか……)

彼は俺を冷ややかな顔で見る。

「意外と早かったですね。あなたのことだから奥さんに泣かれて聞けなかったんでしょう」

図星だから言い返せなかった。

「本当に甘い人だ。それでよく検事が勤まりますね」

「余計なお世話だ。帰ったんじゃなかったのか?」

「あなたの顔を見たら帰る気が失せました」

「そりゃどうも」

俺は思いっきり睨み付けていた。

だが、彼の方が俺より少し背が高いので、どうしても俺が見上げることになる。

睨み付けてもなんとなく分が悪い。

「これ、君の車か?」

「そうです」

「ずいぶん羽振《はぶ》りが良さそうだな」

「おかげさまで」

俺が嫌みで言っても、朝吹はまるで気にしない。

「弁護士は金はなくても、ある程度は格好つけが必要なんです」

「どうして?」

「貧乏な弁護士のところに、仕事を依頼したいと思いますか?」

「それは人それぞれだろう」

「違います。弁護士に仕事を依頼しようとする人は、その弁護士が金回りがいいかどうかで、腕のよい弁護士か悪い弁護士か判断するのです。金回りのよい弁護士だと依頼が多いから儲かっていると思うんです。依頼が多いということはすなわち腕がいいということになります」

「そんな馬鹿な」

「そういうものです。ボロボロの家に住んで、中古の壊れそうな車に乗っている弁護士が、どんなに自分は腕がいいと言っても、誰も信用なんかしてくれません」

(そんなものなのか……?)

俺はなんか間違っているような気がした。

だが、起訴大国であるアメリカならともかく、わが国では普通に暮らしていれば弁護士のお世話になることは滅多にない。

弁護士は医者が内科、外科と分かれているように、得意分野が違っている。

だけどそれさえも知っている人は多くはないだろう。

それだけにいざ弁護士に頼もうとすると、なにを基準に選んでいいかわからないというのが普通だと思う。

「そういえば、君は面会を拒否されたって?」

「はい。被疑者に会わなくても弁護はできますから問題はありません。それより吉野さんの方こそ単独で捜査をするなんてどうしたんです?」

「別に……君には関係ないだろう」

「さては所轄に軽くあしらわれましたね」

「……関係ないって言っているだろう。初公判が楽しみだ」

「私もです」

朝吹は不敵に微笑んで答えた。

俺はそんな彼を見て、ますますむかついてきた。

だからそれ以上、彼と話しているのが煩《わずら》わしくなり、俺はさっさと彼の傍から離れて歩き出した。大間社長は事件のあった夜、徒歩でA銀行まで行っている。

だから俺も大間社長と同じコースを歩いてみようと思った。

ところが、俺の後から朝吹が付いてきた。

ご自慢のジャガーで帰ればいいのに、どういうわけか車をオオマ商店の駐車場に置いたままで歩いてくる。

（なんだよこいつ……。もしかして俺と同じように事件現場へ行くつもりか？）

できることなら「付いてくるな！」と喚きたかったが、言い返されそうな気がして言えなかった。

それで俺の足は自然と早くなっていった。朝吹はそんな俺の後ろから、ゆっくりと付いてきた。

俺が意地になって早く歩くものだから二人の距離はだんだん広がり、しばらく歩くと彼の姿は見えなくなった。

俺は、振り返って彼の姿がないのを確かめてホッとしていた。

だが、A銀行のある商店街の方へ向かおうと右に曲がったとき、いきなり朝吹が少し先の小道から出てきた。

（え……！）

どうやらその小道は、オオマ商店の前の道路に繋《つな》がっており、彼は近道をしたらしい。まったく姑息《こそく》な男だ。

「吉野さん、被害者の足取りを調べるならばゆっくり歩いた方がいいですよ」

（煩い！　俺にかまうな！）

「それに被害者は事件の夜、酔っていたんです。そんなに早く歩くとは思えません」

（わかっている！）

俺はそれでも彼を無視して、急ぎ足で通り過ぎた。

「吉野さん、Ａ銀行へはその先を左です」

「うるさい」

俺は振り返ってそう言い返すと、すぐに踵《きびす》を返した。そんな俺の背中に、彼の笑う声が聞こえてきた。俺はますますむかついていたのだった。

もちろん事件現場の様子は警察から送られてきた資料の中にあった。

だけど俺は、自分の目で確認をしておきたかった。

「現場百回」というのは警察の鉄則だが、検事たるものどんな状況で事件が起きたのか知っておいて損はない。

書類上と実際は得てして違うこともある。公判になったらなにが役に立つかわからないのだ。

Ａ銀行の前はそれほど大きくない道路だったが、両脇に歩道がついている。

その道路に沿って、昔ながらの商店街が向かい合うようにずらりと並んでおり、A銀行の少し先にはこの近郊を走っているバスの待合所があるせいか人通りも結構多かった。

オオマ商店から歩いてくると、A銀行とは道路を隔てて反対側へと出た。

大間社長は事件が起きた夜、この道路を渡ってA銀行の方へ行こうとして、前方から突進してきた市原の車に轢かれたのだ。

（被害者が倒れていたのは、あの薬局の前あたりだな）

A銀行の一軒隣には薬局があり、その店の前は駐車場になっていた。

駐車場の端には、クスリの商品名が書かれた旗が五本ほど立っていて、風に吹かれて大きくはためいている。それは、コンクリートでできた土台の中央に筒があり、そこに竿《さお》を入れて固定するようになっていた。

その前を、数人の買い物客が楽しそうに話しながら通り過ぎていく。

大間社長はぶつかった衝撃で飛ばされて、その駐車場の入り口に倒れていた。

「あの薬局ですね」

いつのまにか朝吹が来ていた。

「そうだな」

「昼間は結構人通りがありますね。やはり夜に来た方がよかったかな」

「それなら帰れよ」

「せっかく来たのにですか？」

「そうだ」

俺が道路を渡って向こう側へ行こうとすると、彼は慌てて止める。

「ほら、飛び出したら危ないですよ」

（いちいち煩い男だな）

それで俺は彼を一睨みして、道路を渡って向こう側の薬局へと行った。

朝吹もそんな俺の後から道路を渡ってくる。

（ここか……）

薬局の駐車場へと行くと、大間社長が倒れていたらしい場所には誰が置いたのか花束が置かれていた。

その花束は少ししおれており、なんだか胸にくるものがあった。

俺が手を合わせて黙禱《もくとう》すると、朝吹も彼には珍しく殊勝《しゅしょう》な顔で俺と同じように黙禱する。

人の命なんて儚《はかな》いものだ。さっきまで笑っていた人が次には冷たい屍《しかばね》になっている。

養子にしてもいいと思うほど可愛がっていた市原に、金目的で殺されるなんて、大間社長は想像もしなかったに違いない。

俺は思わず情に捕らわれそうになって慌てて気持ちを引き締めた。

調査をしにきたのだ。感傷にふけっている場合ではなかった。

「被害者はそこで車にぶつかり、その衝撃でここまで飛ばされたわけですね」

「そうだ」

「市原さんの車はたしか軽自動車でしたよね」

警察の資料によると、市原はあの夜、大間社長に借金を頼みに行った。

ところが市原が店に着いたとき、ちょうど大間社長がA銀行へ預けに行こうと店を出てきたところだった。

それで市原は金を貸して欲しいと頼んだが、大間社長にけんもほろろに断られ、彼を殺して金を奪うことを思いついた。

だから一旦、帰る振りをして店の前で別れた後、A銀行へ先回りしたと供述している。

朝吹は道路の方を見ながら、腕組みしてなにか考えているようだった。

大間社長を轢き殺した後、市原は車から降りて、社長が持っていた黒いバックを奪い、すぐに車に戻って走り去った。

だが悪いことはできないもので、車がなにかにぶつかる音を聞いて、駆けつけてきた目撃者に見られたのだ。

（えーっと目撃者はこの道から出てきて、走り去る市原の車を見たんだからと……）

薬局と隣の雑貨屋の間には細い路地があった。

商店街の裏手にはスナックや飲み屋などがいくつも並んでおり、その路地を通っていくと、それらの店が契約している駐車場の横にでる。

現場から走り去る市原の車を目撃したのは、「G」というホストクラブのホストだった。

そのホストは「ケン」といって、本名は福井桂《ふくいけい》という。

事件が起きる少し前、彼は偶然に駐車場まで客を見送りに出てきていた。

客を見送って店に戻ろうとしたとき、車がなにかにぶつかる音を聞いて通りに駆けつけた。

そこで彼は猛スピードで逃げていく市原の車と薬局の前の駐車場に倒れている大間社長を見たのだった。それですぐに携帯電話で救急車を呼んだ。

だが、救急車が現場に到着したときには大間社長はすでに亡くなっていた。

警察の調べでは、この商店街に住んでいる人はあまりおらず、店を閉めるとほとんどの店が無人になるらしい。

この薬局も経営者の自宅は別にあり、事件の夜は店を閉めた後は誰もいなかった。

俺はしばらく商店街や事件現場のあたりの様子を眺めていたが、事件が起きたのは夜と言うこともあり、これといった収穫はなにもなかった。

だからといって商店街の中の店を聞き込みに回るわけにはいかない。

朝吹も言っていたが、たとえなにか新しい証言が出てきても、一人で聞いたのでは信憑性《しんぴょう》を疑われてしまう。

やはり岩根さんを拝み倒して付き合って貰うしかなかった。

それで諦めて帰ろうとしたとき、朝吹が言う。

「ところで吉野さん、今日は車ではないんでしょう。帰られるのでしたらお送りしますよ」

「君は自分の立場をわかっているのか？　俺は担当検事で君は弁護人だろう」

俺が呆れて言い返すと、朝吹は苦笑して答えた。

「そんな水くさいことを言わないでください。私たちは司法研修所の同期ではありませんか」

「それはそれ、これはこれだ。俺は君と馴《な》れ合うつもりはない」

「相変わらず融通《ゆうずう》の利かない人ですね」

「悪かったな。俺はこういう性格なんだ」

煩わしくなった俺は、彼と別れて帰ろうと歩き出した。

「私の車には乗れないと」

「そうだ」

敵の情けを受けるつもりはない。

「誰かに見られて、馴れ合ったと思われると怖いんですか？」

（なんだと！）

思わず立ちどまって振り返ると、朝吹は不敵な顔で俺を見返す。

その目はゾッとするほど冷ややかで、俺を威嚇《いかく》するように輝いていた。

「逃げるんだ」

「誰が！」

「あなたがですよ」

（この野郎……！　そこまで言うなら乗ってやろうじゃないか）

俺は心の中で彼に向かって宣戦布告していた。

「いいだろう。それなら送ってもらおう」

「では、オオマ商店まで戻りましょう」

朝吹はとたんににこやかな顔になる。だが、その目は笑ってはいなかった。

それで俺たちは、来たときと同じコースでオオマ商店まで戻った。

もちろん今度はゆっくりとしたペースでだ。

商店街からオオマ商店までの間、俺は彼とは一言も口を聞かなかった。

彼も話しかけては来ず、俺たちは無言で歩いた。

（ジャガーか……贅沢《ぜいたく》な車だ）

オオマ商店へ戻り、彼の車に乗りこもうとしたとき、店の裏手から商品を乗せた台車を押して
女性従業員がやってきた。さっき俺が妻のなるみと話していたとき顔を出した女性だった。

彼女はなにを思ったのか台車をそこに置いて、俺たちの傍へ駆け寄ってきた。

「あの……」

「何でしょうか？」

すかさず朝吹が、見たこともないくらい優しげな笑顔で聞く。本当に感心するほど変わり身の早い。要領のよい男だった。こういうところが虫が好かないんだ。

「亡くなった社長のことでいらしたんですよね……」

「そうですが」

「市原君が社長を殺したって本当なんでしょうか？　私、どうしても信じられないんです。市原君は、中学の頃からここでバイトをしていて、病気のお母さんを抱えて一生懸命頑張っていたんです。社長のことを実の父親のように慕《した》っていたのに、そんな彼がいくらお金に困ったからと言って社長を殺すなんて……」

彼女は必死な顔で俺たちに訴えた。それで俺は彼女に聞いてみた。

「先ほど奥さんから伺ったのですが、亡くなった社長も彼のことをわが子同様に可愛がっておられ、いずれはこの店を継がせたいと思われていたらしいとか」

「はい、社長はそのつもりだったと思います。彼を今の会社へ就職させたのも社長なんですよ。私は、てっきり市原君は、定時制の高校を卒業してもこのまま店で働くものだと思っていたのですが、社長が彼には若いうちにもっといろいろなことを勉強させたいと言われたんです。いずれはまた店に呼び戻すつもりだったと思います」

だが、事件当夜、借金を頼みに来た市原を大間社長は断っている。

「市原さんは事件の夜、社長に借金を頼んで断られたそうなのですが」

俺が聞くと彼女は怪訝な顔になった。

「社長が市原君の頼みを断ったんですか？　そんなはずはありません」

「ですが、市原さんは金の無心に来たんですよ」

俺が念を押すと彼女はキッパリと答える。

「あの社長がいくらお金のことでも、市原君の頼みを断るなんてありえません」

（え……？）

「亡くなった方のことをどうこういうのはなんですが、うちの社長はそれはもう金には細かい人でした。それこそ従業員用トイレのトイレットペーパー一つにしても、使い方が多すぎる、もっと減らせと煩い方だったんです。でも、いつでしたっけ……たしか、市原君のお母さんが亡くなる前、手術をすれば助かるかも知れないと言われたとき、それを聞いた社長はポーンと百万、手術費用にと彼にあげたんです」

「大間社長がですか？」

百万といえば簡単に出せるような金額ではない。

「市原君に出世払いだと言ってね。あのときばかりは社長を見直しましたよ。ケチだケチだと思っていたけど、人の痛みはわかる人だったんだと思いましたもの。でも、後で奥さんとは凄く揉《も》めたようですが……」

彼女は苦笑してそう言う。するとなにを思ったのか、それまで黙っていた朝吹が聞く。

「つかぬ事を伺いますが、社長ご夫妻の夫婦仲はどうだったんですか？」

（朝吹……）

俺は思わずそんな彼を咎《とが》めようとした。なにしろさっき会った奥さんは、大間社長を亡くしてとても憔悴《しょうすい》しきっているようだった。

だが彼が聞くと、彼女はとたんに困った顔になる。

「私は、少しでも彼に有利になるような証拠が欲しいのです。言おうか言うまいか迷っているようだ。どんなことでもいいから教えていただけますか？」

朝吹は躊躇《ためら》っている彼女の目をジッと見て言った。

彼女の方は彼に見つめられて、少し照れくさそうな顔になる。

「は、はい……」

男前というのは便利なものだ。

「それがその……私が話したことは内緒にしていただけますか？」

「もちろんです」

朝吹が頷《うなず》くと、彼女は言いにくそうに話し出した。

「こんなことを言っては何ですが、もともと社長は奥さんとの結婚はあまり気が進まなかったようなのです。亡くなられたお母さんに、自分の目の黒いうちに身を固めてくれと言われ、しかたなく結婚されたのです。だからお母さんが生きておられる内はそれなりに上手くいっていたようなのですが、昨年お母さんが亡くなられてからはあんまり……。奥さんの方も、お金の管理は社長が全部して何一つ自由にならないので、なにかにつけて喧嘩になっていました」

夫婦というのは見た目だけではわからないものだ。

だが俺は、それぐらいの喧嘩ならば、夫婦ならよくあることだろうと思った。

「社長が亡くなる前の、夫妻の様子はどうだったんですか？」

「どうって……？　そういえば、事件の数日前にいつになく派手な言い争いをしてました。原因はまたいつものようにお金のことだったようですが。普段は奥さんが怒って喚くだけなのに、あの日は社長がなにか盛んに怒鳴っていて、珍しいこともあるものだと思ったんですよ」

「社長には奥さん以外に好きな人がいたとかは？」

「それはないと思います。なにしろケチですから。金のかかるようなことは一切しない人でした」

彼女は苦笑して答えた。

「本当に店を大きくするのだけが生き甲斐のような人でした。ただ、さっきも言ったように市原君とかアルバイトの若い子たちの面倒はよく見ていましたね。やはり自分が片親で育って苦労しているから、同情したんだと思います」

「そうですか……」

「あの……市原君はどうなるんですか？　病気のお母さんを抱えてずっとこの店でバイトしなが

ら学校へ行って、やっと人並みに結婚してこれからというときに、どうしてこんなことに……」

彼女は市原のことをずいぶん心配しているようだった。

そんな彼女に、朝吹は公判になったら市原のことを証言して欲しいと頼み、彼女も自分にできることならなんでもすると答えた。

その後、彼女は朝吹に市原のことを何度も「よろしくお願いします」と言い、仕事の途中だからと戻っていった。

どうやら彼女の話から察するに、市原の評判は悪くないようだった。

その後、すぐに俺たちも帰ることにした。

さすがにジャガーは高級車だけあって乗り心地はよかった。

これが朝吹の車でなかったならば、俺は素直に嬉しかっただろう。

だが、仮にも俺は事件の担当検事で彼は弁護人だった。

対立する者同士が馴れ合ってどうする。俺は妙な居心地の悪さを感じていた。

「聞いていいか？」

「なんですか？」

「本当に無罪で戦うつもりか？」

「もちろん」

「証拠もあるし目撃者もいる。それに本人は自白したんだぞ」

俺がそう言うと、とたんに彼は刺すような目で俺を見返す。

「自白なんか信用できません」

「朝吹！」

「警察で強引な取り調べを受ければ、誰だって認めてしまいます」

「君は自白の信憑性を否定するつもりか？」

「そうは言っていません。ただ、日本の警察は閉鎖的すぎます」

たしかにそれは昨今言われている問題点だった。

「今の警察のやり方では、冤罪《えんざい》が起きてあたりまえです」

朝吹はいつになく語気を強める。

「取調室にカメラを入れてその様子を撮影しながら取り調べるとか、もっとオープンにすべきです」

たしかに彼の言っていることは一理はある。だが現場の警察官の苦労を知っているだけに全面的には賛成できない。

俺はしだいに息苦しさを感じ始めていた。

「この先の駅で降ろしてくれ」

俺がそう言うと、朝吹は無言で頷いたのだった。

だが俺は、そのまま帰るわけにはいかなかった。

朝吹に駅まで送ってもらった後、市原の妻からも話を聞こうと彼のアパートへと行った。

市原と大間社長の今までの関係を確かめておきたかった。

大間社長が市原のことを跡継ぎにしたいほど可愛がっていたのはわかったが、とうの市原はどんなつもりだったのかそれを調べる必要があった。

もちろん市原本人に聞くのが一番早いのだが、本人はあの調子なのでとにかく周りから話を聞いてみようと思った。

市原のアパートはオオマ商店から車で三十分ほど離れており、彼は結婚してからここへ越してきていた。

警察の調べでは二人は中学の同級生で、三ヶ月前に結婚したばかりだという。

（ここだよな……？）

そのアパートは、いつ建てられたのかわからないほど古い木造の二階建てだった。

市原の部屋は一階の右から三番目で、アパートの前が駐車場になっていた。

日当たりも悪そうで、お世辞にも綺麗なアパートとはいえなかった。

ドアの横のチャイムを押したが、返事はない。

（留守かな……？）

市原の妻は、アパート近くのうどん屋でパートをしているらしいから、仕事に出ている可能性もあった。なにしろ彼女の借金が今回の事件のそもそもの原因だった。

もう一度チャイムを押してみたが、やはり返事はなかった。

（しかたがないな）

それで諦めて帰りかけたとき、部屋のドアが躊躇いがちに開き、中から若い女性が顔を出す。彼女は俺を見て、少しホッとした顔をする。

髪はショートで顔立ちのはっきりした美人だったが、その顔にはまるで精彩がなく、酷くやつれた様子だった。

「あの……なにか？」

「A地方検察庁鈴掛支部の吉野といいます。失礼ですが、市原さんの奥さんですか」

「そうですが……」

「少しお話を聞かせていただけませんか？」

俺がそう言うと、彼女はドアを開いて俺を招き入れてくれた。

「……どうぞ」

「お邪魔します」

部屋の中は六畳の和室に二畳程度のキッチン、その横に風呂とトイレがあり、外から見たのよりもずっと狭かった。

「申し訳ありませんけど、私はもう少ししたら仕事に出掛ける時間なんです」

「お忙しいところにお邪魔して申し訳ありません」

俺は謝って彼女に手短に済ませるからと断った。

だが、うどん屋のパートは朝の八時から午後三時までのはずだ。

勤務は終わったはずだが、他にも掛け持ちで働いているのかもしれない。

彼女が時間を気にしているようだったので、俺は部屋には上がらずに玄関の上がり台に腰掛けて聞くことにした。

「市原さんのことなんですが……」

「主人のことは弁護士の朝吹先生にお願いしています」

「ええ、それは存じています。私がお聞きしたいのは市原さんと亡くなられた大間社長のことなのです。大間社長は市原さんのことを、いずれは自分の店の跡継ぎにしたいと思われていたようなのですが。奥さんは、大間社長はご存じですよね」

「いいえ」

「え……？　会われたことがないのですか？」

「はい」

それは意外だった。大間社長が、店を継がせたいと思うほど可愛がっていた市原の妻と面識がないなんて妙だ。

「ご主人から大間社長のことを聞かれたことは？」

「一度も聞いたことはありません。今度のことで初めて知りました」

愛奈は嘘を言っているようには見えない。市原にとって大間社長は大恩人になる。普通はそんな人がいたら、真っ先に妻を紹介するはずだ。

（それなのにどうして……？）

俺の頭の中には疑問だけが浮かんだ。

（この夫婦は上手くいっていなかったのか？）

だが、まだ二人は結婚して三ヶ月ほどだった。それにもし仲が悪いならば、市原は妻の借金を返そうと事件を起こしたりはしないだろう。妻の方も依頼料の高い朝吹なんかに弁護を頼むはずはなかった。

そういえば、彼女は借金で事件を起こすまで追い詰められていたというのに、弁護費用はどうするつもりなのだろうか？

新婚の暮らしのわりには部屋の中は質素で、洋服ダンスが一つある以外は、他には家具らしい物はなにもなかった。

キッチンを見ても、電気製品らしいものがまるで見あたらず、どこの家庭にでもある炊飯器や冷蔵庫でさえないのだ。

その様子から見て、よほど暮らしに困っているように思える。警察の調べでは、彼女の借金は三百万近くあるということだった。

「あの……検事さん。主人は洋ちゃんはどうなるんでしょうか？　洋ちゃんは人殺しなんかできるような人ではないんです。とても優しい人なんです。過去は忘れて一緒にやり直そうと言ってくれたんです。みんな私のせいだわ」

「奥さん……」

「やっぱりあのとき……私が死ねばよかったんだ。洋ちゃんが止めても、電車に飛び込んでいたら……そうしたら、洋ちゃんはこんなことにはならなかったのに。みんな私が悪いんです。悪いのは洋ちゃんじゃない。私なんです！　私を捕まえてください」

愛奈は思い詰めた顔で俺に必死に訴える。

警察の調べでは彼女は、高校を出て就職し、そこである男と知り合った。ところがその男はギャンブル好きだった。そのために彼女は、ソープ嬢にまで身を落として男に貢《みつ》いだらしい。だが最後には、借金を肩代わりさせられ捨てられた。

自暴自棄になった彼女は、死のうと古郷であるこの街へ帰ってきたらしい。

そして電車に飛び込もうとしたとき、市原に止められたという。

市原はそんな彼女に同情したのか、二人はその後一緒に暮らすようになり、三ヶ月ほど前、正式に夫婦になった。

「私さえ、洋ちゃんに甘えなかったら……私が、私が！」

愛奈はボロボロと涙をこぼして泣き始める。

俺はどうやって慰めたものか困ってしまった。やはり女性の涙は苦手だ。

そのとき、いきなり誰かが部屋のドアを派手に叩いた。

「おい、開けろ！　奥さん、いるんだろう！」

その声を聞いたとたんに、愛奈は泣くのをやめ恐怖に顔をこわばらせた。

「さっさと開けないと、ここをぶち破るぞ！」

男は野太い声で怒鳴り続ける。

彼女は助けを求めるように俺を見た。それで俺は彼女に変わって部屋のドアを開けたのだった。

そこにいたのは派手なシャツを着た、いかにもガラの悪そうな男だった。

「なんだ。人殺しの亭主の代わりに新しい男でも連れこんだのか？」

男は俺を見て、何か勘違いしたらしくせせら笑う。

「奥さん、借りた金を返して貰おうか」

男はどうやら借金の取り立て屋らしい。

「お金は働いて必ずお返しします。だから、今は少し待ってください。もう少ししたら、お店から前借りして払いますから」

「ふざけんじゃねえよ。俺はガキの使いじゃないんだ。今、払えよ。払えないなら身体でもなんでも売って払えばいいじゃないか。前はそうやって払っていたんだろう。違うのかよ」

男は彼女をジロリと睨み付けて脅《おど》すように言う。彼女はどうしたらいいかわからないという顔で脅《おび》えている。

「やめなさい。強引な取り立ては法律で禁止されているはずだ」

「なんだと。おい兄ちゃん、一端の口を聞くじゃねえか。警察を呼びたかったら呼んでみろよ。サツの名前を出したぐらいで、俺がビビルと思うか。ムショに入ったら、逆にハクがつくってもうもんだ」

（こいつ！）

「亭主は人殺しで、女房は借りた金を返さない。ああ、とんでもない夫婦もいたもんだ。そうだろう！　みんな聞いてくれ！」

男は愛奈が払わないと見ると、俺が止めるのもかまわず、隣近所に聞こえるような大声で怒鳴り始める。

「ご近所のみなさん、ここに泥棒がいますよ！」

「やめてください！」

「そうじゃねえか。貸した金を返さないのは泥棒と同じだ！」

男はさらに喚き続ける。

「よせ、いいかげんにしろ！」

俺は頭にきて怒鳴った。すると男はそんな俺を煽るように喚いた。

「泥棒女は、昼間から新しい男を連れこんで、これじゃ人殺しまでした亭主は浮かばれない。みなさん、最低の女房ですよ！」

(このぉ〜！)

俺が男を止めようとしたとき、いきなり後ろから誰かの手がグイッと伸びてきて、男の腕をねじり上げた。

「いてぇ！　なにをする！」

男は怖い顔で振り返って怒鳴った。そこには……。

「いいかげんにしなさい」

「朝吹……」

「この人が誰か知っていますか？　A地検の検事さんです。こんな人に喧嘩を売って、死刑を求刑されても知りませんからね」

「なんだと……！」

男は俺が検事だと聞いて、さすがにひるんだが、すぐにまた喚きだした。

「う、うるせえ！　検事が何だ！　警察がなんだ！」

「あなた、馬鹿ですか？」

朝吹はそんな男を心底呆れた顔で見る。

すると男もさすがに分が悪いと思ったらしい。男は、朝吹を突き飛ばさんばかりの勢いで押し

やると、「また、出直してくるからな。覚えておけ」と捨て台詞を残して、逃げるように帰って行ったのだった。

朝吹は逃げていく男を見て、呆れたように言う。

「今でもまだ、あんな馬鹿がいるんですね」

「そうだな。俺はいくらなんでも、喧嘩を売られたぐらいで、死刑を求刑したりするつもりはないが」

俺は思わず彼に文句を言っていた。

「朝吹先生……。ありがとうございました」

「奥さん、怪我はありませんか？　またあんな男が来たら、すぐに私に相談してください」

「はい」

彼女はよほど怖かったのだろう涙を手で拭きながら、朝吹に向かって何度も頭を下げる。

そんな彼女に、彼は優しく微笑みながら、この次に取り立て屋が来たときどうするかを話していた。そんな彼は俺に対するときとは別人のようだった。

彼は誠実そのものの弁護士のように見え、とても「金になるから弁護士になる」と、言った男とは思えないほどだった。

「彼らは手を出したら逮捕されるから、わざと酷いことを言って脅すだけです。気にすることはありません」

「はい……わかりました」

だが俺はそんな朝吹を複雑な思いで見ていた。

司法修習生の頃から俺と朝吹とは意見が合わなくて、つかみ合いの喧嘩をしそうになったのは一度や二度ではなかった。

だけど人の顔が違うように考えも千差万別だし、議論を戦わせるのは、司法修習生としては当然のことだ。それは相手が朝吹だからというわけではなかった。

俺が彼を嫌な奴だと思ったのは、朝吹が何かにつけて俺に突っかかってきたからだ。

それも彼がそんな態度を取るのは、なぜか俺だけだった。

俺以外の奴は、みんな彼のことを真面目で良い男だと褒《ほ》める。

だから最初は、俺が気づかないだけで、なにか彼を怒らせるようなことをしたのだろうかと、真剣に悩みさえした。

だけどそのうち俺は、彼がみんなの前では「いい人」のふりをしていることに気がついた。

俺に見せる彼の顔が本当の顔ではないかと思った。

なぜ彼が俺には本音で接してくるのかわからなかったが、俺はそれに気づいたとき朝吹という男が大嫌いになった。

「いい人」と見られるように芝居《しばい》をする。人は誰だって「いい人」だと思われたい。だけど自分を隠してまでそれをする必要が何処にある。

俺にはそんな彼がわからなかった。

彼女はひとしきり礼を言うと、仕事に遅れるからと言って慌《あわ》てだした。

「検事さん、すみません。そろそろ店に出る準備をしないと遅刻してしまいますので……。前借りもしているから、遅刻をすると煩く言われるんです」

「申し訳ありません。では、今度お暇なときにでも話を聞かせてください」

「はい。洋ちゃんのことをよろしくお願いします。着替えとか持っていかなければいけないと思うのですけど……。なるべく早く持って行きますから、洋ちゃんにそう伝えていただけますか」

「わかりました」

「よろしくお願いします」

「つかぬことをお聞きしますが、どちらにお勤めですか？」

また彼女から、ゆっくり話を聞かねばならないと思った俺は彼女に仕事先を聞いた。

すると彼女は少し困った顔になった。

「それがその……洋ちゃんには内緒にしてくれますか？」

「え……はい」

「洋ちゃんが知ったらきっと怒ると思うので。ソープなんです」

（ソープ……か）

彼女は市原と結婚して、水商売からは足を洗っていたはずだ。

「うどん屋のパートだけでは足りませんし、手っ取り早くお金を稼ぐにはその、他に思いつかなくて。洋ちゃん、私が以前、ソープで働いていて身体を壊したことを知っているから、きっと怒ると思うんです。だから、お願いですから言わないでください」

「わかりました」

愛奈は俺に何度も市原には言わないでくれと頼んだ。

その後、彼女は店へ出ると言うので、俺は朝吹と一緒にアパートを出たのだった。

「君は帰ったんじゃなかったのか？」

「吉野さんの方こそ帰るって言っていませんでしたか。単独での捜査は証拠になりませんよ」

「……わかっている。それより彼女のことだけど」

「ソープ嬢に戻ったことですか？」

「知っていたのか？」

「薄々はですが。依頼を受けたときに、着手金を貰いました。借金を抱えている彼女がそんなに簡単にお金を出せるはずはありませんから」

「君はその金を知っていて貰ったのか？」

俺が思わず語尾《ごび》を強めると、朝吹は呆れた顔で言い返す。

「吉野さん、弁護士はサービス業ですがボランティアではありません。私は自分の労力に見合うだけの金額をいただいているだけです」

（……）

「依頼人がどうやって依頼料を作ろうと、それは依頼人の問題です」

朝吹は平然と言い放つ。俺はそんな彼を見て、不愉快に思うしかなかった。

市原の妻にしてみれば、借金の取り立て屋から助けてくれた朝吹は、正義のヒーローに見えたかもしれない。

だが、俺に言わせれば、どうみても彼はダークヒーローだ。

「なんですか？」

「……別に」

だが俺は、正論を言っても言い返されるような気がして押し黙った。

すると彼は、そんな俺の態度が気に入らなかったらしい。

「不服そうですね」

「あたりまえだろう」

「なぜですか？」

（なぜって……わからないのか？）

「いいですか吉野さん。私が仮に国選弁護人を引き受けて、その依頼料欲しさに裁判をずるずると引き延ばしているなら、吉野さんに文句を言われてもしかたがありません。でも私は、依頼料に見合うだけの仕事をしています。あなたに文句を言われる筋合いはないと思いますが」

たしかに国選弁護人の場合は、裁判の回数が多くなればなるほど依頼料が増える。だから、中にはわざと裁判を引き延ばそうとする者もでてくる。

だが、俺はやはり気に入らなかった。

（勝手にしろ……！）

俺はもうそれ以上、彼と顔をつきあわせるのが嫌になり、市原のアパートの前で今度こそ朝吹と別れて帰ったのだった。

その翌日、俺は再び市原を取り調べた。だが彼は、俺が愛奈からの伝言を伝えても無言のままで、口を開いて言うことは「早く死刑にしてくれ」とそればかりだった。

相変わらず事件の状況を聞いても埒があかない。おかげでその日も取り調べはまるで進まず、岩根さんから誰かに代わって貰ったらと言われる始末だった。

いくら市原が大筋では犯行を認めているとはいえ、今のままでは起訴はできなかった。

そうなった場合、拘置期間が無駄に延びるだけで何の意味もなさない。

それで俺はしかたなく、もう一度、愛奈に会って話を聞こうと思った。

幸いにもその日は、午後から公判もなかったし、急な取り調べも入っていなかった。

だが俺が岩根さんにそう言うと、露骨に嫌そうな顔をされてしまった。

そのうえ、彼は別件の事務処理があるからつきあえないと言うので、俺はもう一度一人で愛奈から話を聞くことにした。

それで、岩根さんからは四時までには帰るようにとクギを刺されて、鈴掛支部を出たのだった。

ところが再び市原のアパートへ行くと、ちょうど市原の部屋を尋ねてきたらしい若い男と鉢合わせをしてしまった。

俺はまた取り立て屋かと思ったのだが、それにしては少し様子が違う。

男はチャイムを鳴らしても返事がないので、「あれ……留守かな？　愛奈さんは、仕事に行ったんだろうか？」と、ドアの前で独り言を言っている。

それで俺はその男に声を掛けてみた。

「すみません」

「え……？」

彼は俺に気づかなかったらしく、驚いた顔で振り返った。

「市原さんのお知り合いの方ですか？」

「は、はい。そうですが……」

その男は杉田《すぎた》といって市原の友人で、以前はオオマ商店でバイトしていた仲間でもあった。

彼は友人たちと旅行に出掛けていて、事件を知らなかったらしい。

それが帰ってきたら大間社長が殺され、市原が犯人として逮捕されたことを知り、驚いて駆けつけたという。

愛奈はどうやら留守らしかった。昨日、前借りしているから遅刻をしたら煩く言われると言っていたので早めに仕事に出掛けたのかもしれない。

それで俺は杉田から話を聞くことにした。

アパートの駐車場で立ち話をするわけにもいかず、近くにあった喫茶店へ彼を誘った。

「市原さんのことを少し教えていただけますか？」

「俺でよかったら何でも聞いてください。それで市原さんの罪が少しでも軽くなるなら何でも話します。あ、検事さんアイスコーヒーを頼んでいいですか？」

「ああ、どうぞ」

「すみません。俺、事件のことを聞いて、信じられなくて市原さんのアパートへ慌ててきたんですよ。喉が渇いちゃって」

悪びれずにそう言う彼に、俺は苦笑するしかなかった。

それで二人分アイスコーヒーを頼んだ。

「あの……本当に市原さんがやったんですか？」

「はい」

俺が周りを気にしながら答えると、彼はそれを聞いて沈痛《ちんつう》な顔で唸る。

「そんな……嘘でしょう？」

「残念ながら本当です。彼も認めていますし」

「そんな馬鹿な……」

それでも杉田は信じられないという様子だ。

「市原さんは社長のことを、父親みたいに思っていたのに……」

この前の従業員の女性も同じことを言っていた。

「君と彼とはどういう？」

「俺も以前、オオマ商店でバイトをしていたんです。俺は一年ほどでバイトを辞めたけど。あの社長、ものすごいケチだったんですよ。何かにつけて『もったいない』って煩くて」

杉田は苦笑して届いたアイスコーヒーを飲む。

「でも俺たちがどんなに社長の悪口を言っても、市原さんだけは社長の悪口を絶対に言わなかったのに……。その市原さんがどうして社長を」

彼はやはり信じられないという顔だ。

「市原さんにはバイトしていた頃から凄くよくして貰って、それで俺は店を辞めてからもいろいろ相談に乗って貰ったりしていたんです。検事さん、あの店でバイトをしていた連中に聞いてください。市原さんのことを悪く言う奴は誰もいません。あの店でバイトしていた連中にとっては兄貴みたいな人だったんです。まさか、その市原さんが……」

そう言って、杉田は周りを気にして小声で聞いた。

「死刑になんかなりませんよね」

「それは裁判所が決めることですので」

俺がそう答えると、彼は泣きそうな顔になる。

「なんでだよ……」

「杉田さん、私は市原さんがどうしてこんなことをしたのか真実を知りたいんです。それでご存じのことがあったら教えてください」

俺が頼むと、杉田はキッパリと答える。

「はい」

「市原さんは、大間社長のことをどう思っていたのか知りませんか？」

「俺には父親がわりみたいな人だといつも言っていました。社長のおかげで自分はこうやって一人前になれたし、病気の母親の手術代も貸して貰ったと感謝していました。あのケチな社長が金を貸したなんて信じられないけど」

「大間社長は市原さんをかなり気に入っていたようですね」

「ええ。それはもう。俺たちには何かにつけて煩く小言を言っても、市原さんにはなにも言いませんでしたから。市原さんもバイトなのに、まるで社員並みに働いていました。社長は奥さんよりも市原さんの方を信頼していたぐらいなんです」

（大間社長が……？）

「いずれは店を任せたいと思っていたようなのですが」

「ああ、それは本当です。俺たちにもそう言っていました。ただ奥さんの方は面白くなかったんじゃないかな。子供ができたらどうするんだと、店に古くから働いているオバサンに、愚痴っていたのを聞いたことがあります」

「市原さんの方はどうだったんですか？」

「それが俺も市原さんもてっきりそのつもりだとばかり思っていたんです。なにしろ休みを返上してまで働いていたから。そしたら、ほら、市原さんは定時制高校を卒業して店を辞めたでしょう。運送会社に就職したっていうから驚いて聞いたら、自分はそんなつもりはなかったんで辞めてホッとしたって言うんですよ」

「それはどうして？」

「やっぱり奥さんのせいじゃなかったのかな。俺はあの店で、そんなに長くバイトをしていたわけではないから知らなかったけど、他の奴から聞いた話では、奥さんからいろいろ嫌がらせを受けていたらしいんです。奥さんとしては他人に店を持って行かれるのは我慢できなかったんだろうけど。社長もケチで煩かったが、あの奥さんも気分屋で酷いんですよ。市原さんは何年もよく我慢したよな」

（あの人が……？）

オオマ商店で会ったなるみはとてもそんな風には見えなかった。夫を不意になくして途方にくれている妻そのものだった。だが、杉田が嘘を言っているとは思えない。

「それでかもしれませんが、市原さんは運送会社に就職してからは、オオマ商店に顔を出したこともないと言っていました。よっぽど嫌だったんですね」

「そうですか……」

「市原さんは愛奈さんと結婚するときも、社長には知らせなかったらしいですよ。俺はいくら奥さんが嫌でも、社長には知らせたらと言ったんだけど。市原さんはなぜか嫌そうだったな……。社長が心配して反対すると思ったんじゃないんですか。なにしろ愛奈さんはいい人だけど、その……いろいろとね。問題を抱えているから」

どうやら杉田は愛奈の過去のことも知っているらしい。

「検事さん、新聞で読んだけど、市原さんがこんなことをしたのは奥さんの借金が原因って本当ですか?」

「え……。まぁ、それも一つの動機だと思われます」

俺がそう答えると、杉田はため息を吐く。

「だからよせって俺は言ったんだよ。いえ、ね、愛奈さんは可愛くていい人ですよ。でもね。彼女を騙《だま》した男が悪いとは思うけど……やっぱりなぁ」

そう言って杉田は言いにくそうな顔で、自分の頭《ず》をガリガリと掻《か》いた。

「市原さんは自分がついていないとこいつは駄目《だめ》になるからって……。いくら自殺をしようとしたのを助けたからって、そこまで面倒見ることはないじゃないか。馬鹿だよ……市原さん」

俺は彼に気になっていたことを聞いてみた。

「杉田さん、あなたは市原さんが、奥さんの借金に困って金を貸してくれと言ってきたら、大間社長は貸してくれると思いますか？」

俺がそう聞くと、杉田はキッパリと答えた。

「そんな女とは別れろと言うかもしれないけど、間違いなく貸すと思う。他の奴ならともかく社長は市原さんにはとにかく甘かったから。だから俺は、どうして市原さんがそんなことをしたのかイマイチわからないんだよなぁ」

「大間社長はケチだったんでしょう？」

「はい。『ど』が付くほどケチでした。でも、市原さんには別だったんだ。店が休みの時にはたまに二人で釣りに行っていたみたいだし、映画とかも一緒に行っていましたよ。みんなにも奥さんにも内緒だったけど。俺は映画館で、二人を見かけたことがあるんだ」

そうなると、借金を申し込んで断られたという市原の供述はおかしいことになる。

「間違いなくそう思いますか？」

俺が念を押すと、杉田は少し考え込んだ。だが……。

「市原さんが愛奈さんと結婚してからは、社長との付き合いはなかったみたいだったけど、やっぱり貸してやると俺は思う。市原さんが彼女と別れると言えば、いくらでも出すんじゃないかな」

「それが嫌だったということは？」

「あのさ、検事さん。俺がこんなことを言ったのを、市原さんが知ったら怒るかもしれないが」

そう前置きして杉田は言った。

「愛奈さんはたしかに可愛いし、素直でいい女性だよ。でもさ、俺が見る限りでは、市原さんは彼女の境遇に同情して一緒になっただけで、惚れているというのとは微妙に違うような気がするんだ。ほら、あの人は真面目な人だろう。彼女に惚れていると言うより、責任感みたいなもののような気がする」

「どうしてそんなことを思うんですか？」

俺が聞くと、杉田は呆れたように言う。

「だって、決まっているじゃないか。本気で惚れたら、なにも見えなくなるもんだ。それこそ一日中、彼女のことばかり考えてなにも手に付かなくなってさ。でも市原さんが、彼女と一緒にいるのを見ても、なんか醒めているんだよなぁ。楽しそうに見えないんだ」

「それは君の恋愛観だろう」

俺が思わずそう言い返すと、彼は猛然と言い返した。

「検事さんだって恋愛したことぐらいあるだろう」

「え？　まぁ……」

まさかまともに付き合ったことがないとはいえない。なにしろ俺はいつも「堅苦しくて息がつまる」と文句を言われてふられていた。

「社長に、借金は肩代わりして払ってやるから彼女とは別れろと言われたら、市原さんは間違いなく別れると思う。市原さんの愛奈さんを見る目はどうみても惚れた女を見る目じゃないんだよ。愛奈さんの方は、市原さんに夢中みたいだけどさ」

(はぁ……)

彼は自信満々に答える。俺はなんと言っていいか困ってしまった。

いまさらここで恋愛について討論するわけにもいかない。

「それに社長は市原さんが結婚してからも、心配だったらしく、ときどきアパートに見に来ていたようなんだ。まぁ、父親代わりとしては、あんな女に引っかかってというのもあったんだろう」

「彼は、社長には結婚したことは知らせてなかったんでしょう?」

「誰かから聞いたんだと思う。だからこっそり様子を見に来ていたんだ。アパートの近くで俺は何度も見かけたし、一度なんか声を掛けたら、社長は慌てて逃げてしまった。よっぽど心配だったんだな。だから、市原さんが貸してくれといったら、絶対に貸すよ」

「……」

俺はそれを聞いて考え込んでしまった。

「でも、あの市原さんが社長をなぁ……。やっぱり信じられない。そういえば、この前、社長を見たっけ。あれが俺が社長を見た最後だったんだ」

杉田はそう言って感慨深い顔をする。

「どこで見たんです？」

俺が聞くと、杉田はいいにくそうな顔で口ごもった。

「それがさぁ……」

そして、周りに聞こえないように、グイッと身体を俺の方に近づけて小声で言う。

「新栄町《しんえい》にキャバクラとかソープとか集まっている場所があるじゃないですか。俺はあの近くの居酒屋で夜、バイトをしているんですよ。一ヶ月ぐらい前にバイトの途中で抜けてサボっていたら、偶然に社長を見かけたんだ」

「大間さんを？」

「そうなんですよ。最初に見たときは人違いかと思ったんだ。なにしろあの社長はとんでもないケチだったでしょう。だから、風俗なんか行くとはとても思えなかったし、夜中に貯金通帳を見て一人で悦に入っているような人だとばかり思っていたんだ。それがその後も、同じところで何回も見かけたんですよ。やっぱり社長も男だったんだよな。まぁ、あの奥さんじゃ無理もないけど」

そう言って杉田は少し苦笑した。

「あの奥さんは、なにかというとギャーギャー煩くて、そのうえ自分のことしか頭にない人だから、いくらケチな社長でも遊びたくなるだろうと思う。俺がもし社長の立場だったら、とっくに離婚しているよな」

「……」

俺には妻のなるみはとてもそんな風には見えなかったが、人は少し会ったぐらいではわからないものだ。

「それで、あのケチな社長でも男だったんだと思ったらおかしくて、どの店に入るのか見届けてやろうと思ってこの前、社長の後を付けたんです」

「え……？」

「店でバイトしていた仲間に教えて、笑い話にしてやろうと思ったんですけどね。そうしたら、社長はキャバクラとか入っているビルじゃなくて、その横のビルの地下に入っていったんですよ。検事さんはご存じかどうかわからないけど、キャバクラとか入っている黄色いビルの駐車場側ではなく、反対側の方の五階建てのビルです」

「はぁ……」

「それで、俺も降りて行ってみたけど、ドアの感じからしてそこはなにかの店らしかったけど、よくわからなくて引き返したんだ。あのケチの社長があんなところへ行くなんておかしいでしょう。やけに高そうな店だったけど、バイト仲間に聞いても誰も何の店か知らないって言うじゃないですか……。あの店はいったい何だったんだろう？　でも、あの近くで社長を何度も見かけたから、間違いなくあの店へ通っていたに違いないんだ」

杉田はわけがわからないという様子で盛んに首をひねっている。

俺はもう少し彼から話を聞きたかったが、岩根さんから四時までには帰ってこいと言われていたこともあり、しかたなく礼を言って別れたのだった。

（社長は市原が頼めば借金を断ったりしないか。うーん……）

鈴掛支部に戻ったものの、杉田から聞いたことが気になっていた。杉田も従業員の女性も同じことを言う。

たしかに杉田が結婚してからも心配して様子を見に来るほどなら、彼に貸してくれと頼まれれば貸すかもしれない。

だが、市原は借金を断られたので、殺して金を奪おうと思ったと供述している。

金は人を狂わせる。どんなに父親同然に思っていた相手でも、金のためなら平気で人殺しをしかねない。だが、今回の市原の場合はどうにも腑《ふ》に落ちなかった。

市原は本当のところ、大間社長のことをどう思っていたのだろうか？

本人に聞くのが一番手っ取り早いのだが、黙秘を続ける彼が素直に答えるとは思えない。

そもそも彼はいまさらなぜ黙秘をする必要があるのだ？

朝吹は無罪で争うと言ったが、大間社長を轢いた市原の車、それに目撃者である福井の証言、そしてなによりも市原本人が自供している。

すべてが市原が犯人であると示しているのだ。

市原にとって黙秘を続けることは損にはなっても利益にはならない。

彼は、裁判を有利にするために検察と駆け引きをするような狡賢い犯罪者にも見えない。

(それならばなぜ……?)

『俺が社長を殺したんだ。はやく死刑にしてくれ!』

市原の悲痛な叫びを思い出す。

(あれが彼の本心なのだろうか……?)

俺はまるで霧が掛かった景色を見ているような気がした。

岩根さんは閉庁時間になるとさっさと帰って行き、俺はいつものように一人残されてしまった。

部長に杉田から聞いたことを報告すると、気になることは後回しにせずに徹底して調べた方がいいと励まされたのだった。


その日の仕事が終わった後、俺は指導検事でもあった先輩の見舞いに新栄町にある病院へと行った。

先輩は怪我で二週間ほど前から入院されていたのだが、忙しくてなかなか見舞いに行くことができなかった。

なにしろ最初の頃は、検事にはなったものの調書の取り方は間違えるわ、大事なことを忘れるわという失敗の連続だった。先輩はそんな俺に実務の仕方を一から教えてくれた人で、厳しいところもあったがとても優しい人だった。

だから、オヤジや兄貴には馬鹿にされそうで聞けないことでも、その先輩には遠慮をせずに聞くことができた。

身内だと、つまらない競争心が邪魔をして素直になれない。

やはり身内に同業者がいるのは善し悪しだと思う。

(早く一人前の検事にならないとなぁ)

俺は切実にそう思っていた。

その先輩に市原のことを相談すると、彼も部長と同じことを言う。

そのうえ俺に、起訴後に検察が公判の取り消しをおこなうことの難しさを説明したのだった。

公判の取り消しとは検察が自ら、裁判所に起訴したものを取り消すことだ。

以前は検事総長の決裁が必要なほど大変なもので、検察の威信の失墜《しっつい》になりかねない。

それだけに起訴は慎重におこなわねばならなかった。

俺はあらためて今回の強盗殺人事件を、時間の許すかぎり徹底的に調べてみようと思ったのだった。

ところがその帰り道のことだ。

病院を出て駅までの帰り道、歓楽街の近くを通った。

(そういえばこのあたりじゃなかったっけ?)

俺は、杉田から聞いた大間社長が入っていったという店のことを思い出した。

それでなんとなく気になったので、杉田の話を思い出しながらその店を探してみた。

(たしか、キャバクラとか入っている雑居ビルの反対側だと言っていたよな……)

杉田が言っていたとおり、そのビルはあった。

そのビルも雑居ビルらしく、上の階には居酒屋や麻雀店などが入っているようだ。

大間社長が降りていったという、地下への階段を降りていくと、そこには豪華ながら落ち着いた感じのドアがある。

杉田がなんの店かわからなかったというが、ドアの横に金のプレートで店名らしい文字が書いてあった。

(ナルキッソス……と読むのかな?)

するとドアがゆっくりと開き、黒服の男が出てきた。

男は、俺がドアの前に立っていたのでちょっと驚いたようだったがすぐに笑顔になった。

「いらっしゃいませ」

「あ……」

どうやら俺がボーッと店の前に立っていたので、客と勘違いしたらしい。

「どうぞ、お入りください」

「いえ……その」

「さあ、どうぞ」

黒服はにこやかに笑いながら、俺に盛んに入るように進める。

(どうしようかなぁ……)

みんなからあんなにケチだと言われていた大間社長が、足しげく通っていたというのが気になった。

それに岩根さんが一緒だったら聞き込みもしやすいが、一人だとさすがに躊躇われる。

俺はとりあえずどんな店か入ってみることにしたのだった。

そのとき俺は、そこはレストランかクラブだろうと思っていた。

なにしろ俺を客と勘違いした黒服の男は、上品で礼儀正しかったし、どうみても一流レストランのスタッフのようだった。

「お客様は、当店は初めてでいらっしゃいますよね」

「は……はい」

「それはありがとうございます」

黒服に案内されて店の中へ一歩入ると、細い廊下が真っ直ぐに店の奥まで続いていた。

クラシックらしい曲が微かに流れており、店の中は金色で統一され、豪華な中にも落ち着いた雰囲気が漂っていた。

店の造りから見てもかなり高級店のように思える。入り口のドアから真っ直ぐに廊下が店の奥まで続いており、床は大理石で、両方の壁には絵がずらりと並んでいた。

絵と絵の間には金でできた蠟燭《ろうそく》立てがあり、幻想的な雰囲気をかもし出している。

まるで中世かどこかの城のように豪華だった。

だが、壁に飾られている絵は、どれも裸の男の絵ばかりで、中には男同士で絡み合っているものもあった。

(なんなんだ……?)

「当店は、『大人の社交場』を目的としておりまして、日々の仕事や生活に疲れたお客様に安らぎと癒しを与え、新しい希望への出会いの場を提供しております」

「は……?」

(安らぎ、癒し？　出会いの場……?)

黒服は嬉々とした顔で説明をしてくれるが、俺にはなにがなんだかさっぱりわからない。

彼の口ぶりからして、なにかかなり高尚《こうしょう》な店らしい。

「もちろん私どもは、あくまで場所を提供させていただくだけですので、その点はご了承ください。店内でなにかございましても、お客様個人個人の自己責任となっております」

（自己責任……？）

廊下の突き当たりにフロントがあり、黒服の男はどうやらフロント係だったらしい。

「では、簡単に当店のシステムをご紹介させていただきます」

「……はい」

「当店は原則として会員制を取っておりますので、まず最初に入会金を頂戴いたします」

（やっぱり高そうだなぁ……）

俺は懐《ふところ》具合が気になった。

「入会金は一万円、ご来店毎に五千円となります。ただ、個室の方をお使いになられますときは、ご利用代として別途に一万円から五万円まで、部屋のランクによって頂戴いたします」

（え……！）

五万と言えばそこそこの高級ホテルで一泊できる金額だった。

俺がそれを聞いて驚くと、黒服は慌てて言う。

「もちろん個室は、何人でご利用いただいても同じお値段でございます。ですから人数が多ければ多いほどお安くなります」

「はぁ……」

「それに、お客様の中には利用代は自分が払うからと仰《おっしゃ》る方も多いので、ご心配にはおよびません。ただいま初めてのお客様に限りまして、初回の入店料が無料になっておりますので、本日は一万円だけ頂戴させていただきます」

黒服に言われるまま、俺はしかたなく入会金の一万円を払ったのだった。

「それでは、そちらにロッカー室がございますので、お着替えください」

「え？　着替えるんですか？」

「はい。店内では、よりお客様にリラックスしていただけますように、お着替えをご用意しております」

（変な店だなぁ……）

俺は怪訝に思ったが、日帰りの温泉施設などへ行くと、アロハとかの着替えをだしてくれるからそういうものなのかもしれない。

それで黒服に案内されるままロッカー室へと入った。

そこは二十畳はあるだろうか、広い部屋で、まるで会社の更衣室のようにずらりとロッカーが並んでいた。

ただ、そこが会社の更衣室と違うのは、天井には眩《まばゆ》いばかりのシャンデリアが輝き、床には豪華なペルシャ絨毯《じゅうたん》が敷かれている。

ロッカーも取っ手には飾りが彫られており、凝った造りになっていた。

「中に着替え用のバスローブが入っております。貴重品類はフロントでお預かりいたします」

（バスローブ……？）

黒服が鍵の掛かっていないロッカーの一つを開けると、そこには白いバスローブが入っていた。

「これに着替えるんですか？」

「はい、そうでございます。店内ではよりリラックスをしていただくため、下着も全部脱いでいただくようにお願いしております」

「全部……？」

「はい」

黒服は当然だと言わんばかりの顔だ。

さすがに俺はなんか変だと思ったが、いまさら帰るわけにはいかない。

なにしろ一万円支払ったのだ。しかたなく俺が着ていたスーツを脱ぎ始めると、黒服は着替えが終わったらもう一度フロントへ来るように言って戻っていく。

それでもスーツを脱いで、ネクタイを取り、ワイシャツを脱いだものの、さすがに下着を脱ぐのは躊躇われた。

(温泉へきたと思えばいいんだ)

自分に言い聞かせて下着を取り、バスローブを裸の上から羽織る。

ロッカーの一番下の棚にはスリッパが置いてあった。靴も履き替えねばならないらしい。

俺は着替えを済ませると、フロントへと戻ったのだった。

そこで財布を預け、腕にはめるように金の輪っかの付いている鍵を貰い、やっと店内へ案内された。

「それではご案内をさせていただきます」

黒服がフロントの右のドアを開けると、そこはまた廊下になっていた。

入ってすぐ横の部屋にはドアがなく、ガラス張りになっており廊下から中が見える。

「こちらは待合室になっておりまして、店内が混んでいるときは、しばらくお待ちいただくことになります」

「はぁ……」

その部屋もなかなか豪華な造りで、まるでどこかの高級ホテルのロビーのような造りだった。

「こちらがホールです」

「ホール？」

「はい」

黒服は恭《うやうや》しい仕草でその重厚なドアを開ける。

「さぁ、どうぞ」

俺は彼に勧められるまま、部屋の中へと入ったのだった。

（え！）

一歩中へ入った瞬間、驚きのあまりその場に立ちつくしていた。

そこはまるで別世界のような場所だった。

ホールは宴会場のように広かったが、ここは地下だというのに部屋の中央には人工的に噴水が造られていた。

その噴水に天井からスポットライトがあたり、噴きだした水がキラキラと輝いて幻想的な雰囲気をかもし出している。

見上げると天井には俺が今まで見たこともないほど豪華なシャンデリアがいくつもあり、部屋の床には分厚い絨毯が敷き詰められ、まるでどこかの宮殿のようだった。

入り口の廊下から凄い造りだと思ったのだが、店内のすべてが金色に統一され、俺の想像以上に豪華絢爛《けんらん》な店だった。

その噴水を取り囲むように、何人もが一度に座れるような大きなソファがある。

その横には、飲み物類を置くための低いテーブルもついていた。

ホールの一番奥にステージが設けられ、そこでは薄い腰布を一枚だけ身に纏《まと》った踊り手が妖艶《ようえん》に踊っていた。

客たちはみんな俺と同じようにバスローブ一枚で、踊りを見ながら酒を飲んでいるものもいれば、何人か集まって談笑している者もいた。

そんな客たちの間を、忙しそうに動いている若い男たちがいた。

どうやら彼らはスタッフらしかったが、その格好が普通ではなかった。

裸に蝶ネクタイを締め、ビキニパンツ一枚という格好だったのだ。

（なんなんだよ……ここは？）

「なにかご用がございましたら、遠慮無くお申しつけください。もしスタッフの中でお気に入りの子がおりましたら、声をお掛けくださっても結構です」

「声を？」

わけがわからず聞くと、黒服は営業スマイル全開の顔で答える。

「はい。スタッフは時間制となりますのでご利用料金が幾分お高くなります。個室のご利用代金もお客様持ちとなりますのでご了承ください。それでは次に個室の方へご案内いします」

黒服はそう言うとさっさと歩き出し、俺は思わず、「ちょっと待ってくれ」と言おうとしたが、ホールのあまりにも異様な雰囲気に呑まれて言えなかった。

なにかがおかしいのだ。レストランでもなければクラブでもない。

（いったい何の店なんだ？）

俺はますます困惑していた。

そんな俺を客たちは物珍しそうに見ていた。中には露骨に不躾《ぶしつけ》な視線を投げかけてくる者もいた。俺はどういうわけかみんなの注目を集めてしまったらしい。

俺はそんな彼らを見て、どことなくおかしいことに気がついた。

誰も彼も、まるで狩りへ行く前のハンターのようにギラギラと目を輝かせていた。

そんな彼らの視線が、まるで絡みつくように俺に注がれる。ねちっこい淫靡《いんび》な視線だった。

俺は思わずギョッとなって背中に悪寒が走った。

ホール中が異様な雰囲気に包まれ、甘酸っぱいような不思議な香りが充満していた。

ホールの数カ所に、ギリシャ時代の彫刻のような像が置いてあったが、その台座には少しくぼんだところがありなにか焚《た》かれているようだった。

(お香かな……?)

それにしてはなんとなく妙だ。ふつうは精神をリラックスさせるためにお香を焚くことが多いというのに、俺はだんだん身体が熱くなるような妙な気分になっていた。

「こちらでございます」

黒服は平気な顔で、ホールの入り口とは別のドアを開けた。

俺はそこにいるのがだんだん苦痛になり、慌ててホールを出たのだった。

そこもまた細い廊下が真っ直ぐに奥まで伸びており、その両脇に部屋がいくつも並んでいた。

そこはホールとは違い、驚くほど静かだった。

「個室は、お一人様用から複数でご利用できるものまでいろいろなタイプを取りそろえております。こちらの部屋は、ただ今は空室ですのでご覧ください」

そう言って黒服は個室の一つのドアを開ける。俺は勧められるまま、中を覗《のぞ》いてみた。

するとそこは八畳ほどの部屋だったが、部屋の中央には大きな天蓋《てんがい》付ベッドがドーンとおいてあった。

そのうえ右の壁一面に青い海の映像が映し出されており、耳を澄ますとどこかにスピーカーがあるのか海の音が微かに聞こえていた。

まるでそこは南の島のコテージにでもいるような雰囲気なのだ。

(そういえばこんな部屋をどこかで見たよな……?)

そう思って俺は気がついた。以前、テレビで紹介していた一泊三十万はする中東の最高級ホテルの部屋とよく似ている。

「こちらはお二人もしくは三名様ご利用となっております」

「はぁ……」

(こんな立派な部屋でなにをするんだろう?)

俺はわけがわからず面食らっていた。

そこへ俺と同じようにバスローブを羽織った恰幅《かっぷく》のよい男が、ドアの外から遠慮がちに黒服を呼ぶ。

すると黒服は慌てて男の傍へ行く。どうやらその男は常連客らしい。

「どうされました? なにかお気に召さないことがございましたか?」

「いや……そうじゃないんだが」

その客は、少し口ごもって俺の方をチラッと見た。

「見かけない顔だが?」

「初めてのお客様です」

「ああ、そうか。どおりで見ない顔だと思った」

客がそう言うと、黒服は俺をその客に引き合わせた。

「お客様、こちらは山岸《やまぎし》様と仰いまして、いつもご利用いただいている方でございます。よろしかったら少しお話をされてみたらいかがですか？」

「え……？」

俺はいきなりのことに戸惑った。

なにしろこの店がどんな店なのかよくわからず戸惑っているのに、黒服はその山岸という男と話してみろという。

するとと山岸は俺に洒落っ気たっぷりに言う。

「ようこそ、ナルキッソスへ！」

（は……？）

「おっと、これではまるで私がここのオーナーみたいだな」

「そうでございますね」

黒服は笑いながら頷く。山岸は一見するとどこか一流企業の社長風だった。

「それでは私はこれで。山岸様よろしくお願いいたします」

黒服はそう言うと、さっさと部屋を出て行った。

「あ……あの」

(なんなんだよ……いったい?)

俺はわけがわからないままその部屋に山岸と二人残されたのだ。

「なかなかいい店だろう」

「……そうですね」

「飲むか?」

「はぁ……」

「遠慮はいらない。知り合いになれた記念に私のおごりだ」

山岸はそう言うと、ドアのすぐ横にあった棚を開けて、いかにも高そうなウイスキーの瓶とグラスを二つ取りだし、酒を勢いよくついだ。

「最初は慣れないから緊張するだろうが、すぐに慣れるよ」

「……」

そして山岸はグラスの一つを俺に差し出し、「では、私たちの出会いに乾杯!」嬉しそうにそう言ってグイッと飲む。

それで俺もしかたなく少しだけ酒を飲んだ。

その部屋には椅子がなかったので、そのまま二人してベッドに腰掛けた。

山岸は酒を飲みながら、一人で話し出した。彼は社長風だと思った通り、企業の名前は言わなかったが話の内容から見て、どうやら上場企業の管理職らしかった。今までの自分の失敗談を身振り手振りを交えて面白おかしく話す。

話し上手で、ユーモアもあり、彼の話は聞いてて飽きない。

俺はいつの間にか彼の話に相づちを打っていた。

ところが、それからしばらくしてドアを誰かが叩く。

「だから俺は言ったんだよ。人は猿から進化したんだ……ん？　なんだ」

山岸は少しムッとした顔をしたが、ドアを開けに行った。

そこには数人の男たちがいた。彼らも同じ客らしくバスローブを着ている。

どうやら山岸の知り合いだったらしい。

「山岸さん、抜け駆けは酷いですよ」

その内の一人が山岸に文句を言い、他の二人も口々に彼を非難している。

（なんだろう……？）

「そんなつもりはないよ。頼まれただけだ」

山岸は焦って彼らに言い訳をしていた。

「山岸さんが、袖《そで》の下を掴ませたんじゃないのかよ」

「おい、私がそんなことをするわけはないだろう」

「どうだか」

「山岸さんはいつも抜け目ないからな」

彼らに文句を言われて、山岸は困った顔だった。さんざん責められて彼はしかたがないという顔で言う。

「わかった。それじゃ、みんなで楽しもう」

「やったぁ！」

「よし！」

他の連中はそれを聞いて歓喜の声を上げた。

「その代わり、ここの個室代は割り勘だからな」

「いいですよ。なぁ」

「もちろんだよ」

「じゃ、みんな入って」

「はい！」

「やったぁ！」

彼らは次々と部屋へ入ってくると、そしてそのまま嬉しそうにベッドへ上がってきた。

「あ……あの。ちょっと……」

「すまないが、みんなも君と楽しみたいと言うんだ。混ぜてやってくれ」

「はぁ……？」

俺は山岸がなにを言っているのかわからず、ボケッと彼を見返した。

するとそのとたんに、最初に上がってきた男がいきなり俺をベッドに押し倒す。

「うわぁ！」

勢いよく仰向けに押し倒されて、俺は思わず悲鳴を上げた。

「最初に見たときに絶対やりたいと思ったんだ！」

（な、なに！）

「俺も！」

俺は慌てて起き上がろうとしたが、もう一人が俺の両肩をグイッと押さえつけ、さらにもう一人が俺のバスローブの紐《ひも》を解き始める。

「ちょっと、なにをする！」

その男は、俺が喚くのも無視すると、勢いよく俺のバスローブの前を摑んで言う。

「さぁ、みんなよく拝《おが》め！」

「おお〜！」

「待ってました！」

一気にバスローブが開かされた。男たちは食い入るように俺の身体を見ている。

そんな彼らの目は血走り、尋常《じんじょう》ではなかった。

（なんなんだ……こいつらは！）

俺はそんな彼らに狂気を感じた。

「綺麗だ……」

一人がウットリと呟《つぶや》く。

「変にごつくもないし、かといって細くもない。ますます好みだ」

もう一人がなめ回すように見ながら言う。

俺はそのときになって、ようやく彼らがなにをしたいのかわかった。

「は、離せ！」

「怖くないから大丈夫だよ。みんな慣れているから心配ない。君は私たちに任せておけばいい。最高の気分にしてやる」

山岸は嫌がってもがく俺をなだめるように言う。

「そうだ。一緒に天国をみようぜ」

(冗談だろ〜！)

「ふざけるな！」

「いまさらなにを言っている。ここはそういう店なんだよ」

(そんな……！)

俺は唖然とした。その間にも、男たちは俺に触ろうと次々と手を伸ばしてくる。

「誤解だ！　俺はそんなつもりは……！」

「今夜はみんなでたっぷり楽しませてやろう」

山岸はさっきまでとは別人のようにいやらしい笑みを浮かべていた。

その間にも胸も腹も男たちに触られる。

「肌も白くてきめが細かいし、触り心地がいいなぁ」

「やめろ！」

「茂みも濃い。これは嘗め具合が良さそうだ」

卑猥《ひわい》な視線が絡みつき、荒い息が俺の肌に絡みつく。

「あそこの具合はどうかな？　よく見えるように、腰を持ち上げろよ」

「わかった」

男の一人は頷き、俺の腰を持ち上げようとする。

「やめろ!!」

俺はありったけの声で絶叫した。

そのとき、部屋のドアが勢いよく開く。

「お客様、勝手に入られたら困ります！　規則が！」

止めようとする黒服を押しのけて、誰かが飛び込んできた。

それは朝吹だった。

（朝吹……！）

「何だ君は、失礼な！」

いきなり飛び込んできた朝吹を見て、山岸が怒鳴る。

だが、朝吹はベッドに押さえつけられている俺を見て険しい顔になった。

「お客様、おやめください！」

そんな朝吹を黒服は必死に引き留めようとする。

だが彼は黒服を勢いよく突き飛ばして、全身に怒りを漲《みなぎ》らせてズカズカと俺の方へやってきた。

「その人から離れなさい」

彼の声はまるで地獄からの声のように冷ややかだった。

「なんだと！」

男の一人がカッとなって朝吹に殴りかかるが、彼は逆にその男の腕をグイッと掴んで、もう一方の手で男の腹に強烈なパンチを喰らわせた。

男は鈍い呻き声を上げてヨロヨロと後ずさりし、そのまま床に大の字にひっくり返る。

それを見て、他の連中は驚き俺からパッと離れた。

朝吹の怒りはすさまじく、男たちはみんなそんな彼にビビって見ている。

「勝手に入ってきてなにをする。失敬だろうが！」

山岸だけが一人喚いていたが、彼も喚くだけで朝吹に圧倒されていた。

朝吹は俺の傍へ来ると、俺を助け起こした。

「帰りますよ」

「あ……あの」

戸惑っている俺をそのまま一気に抱きかかえ、部屋から連れ出す。

騒ぎを聞きつけて何人かのスタッフが駆けつけてきたが、朝吹に一睨《にら》みされみんなただ見ているだけだった。

「服は何処です？」

「向こうのロッカールームに」

俺がそう言うと、彼はそのまま俺をそこへ連れて行き、服を着るのを手伝ってくれた。

こうして俺は朝吹に危ないところを助けられたのだった。


そのまま彼のジャガーで家まで送ってもらった。

だが、俺はどういうわけか身体がカッカとして熱く、足元はふらつきまともに歩けなかった。

たぶん、ホールで嗅《か》いだお香のようなもののせいだと思う。興奮剤かなにかだったのかもしれない。

とても一人ではまともに歩けないので、朝吹に部屋まで連れて行って貰った。

すぐに上着を脱ぎ捨て、だらしなくベッドに寝転がった。

（やれやれ……とんでもない店だったなぁ）

ようやくホッとして肩の力を抜いていた。

だが、朝吹は俺を家まで連れてきてくれたものの、なにを怒っているのか、店を出てから一言も口を聞こうとはしなかった。眉間に皺《しわ》を寄せ露骨に不愉快そうな顔をしていた。

「迷惑を掛けてすまなかった」

俺が礼を言っても、無言で俺を見ている。

そんな彼はやけに凄みがあった。俺は朝吹がなにを怒っているのかわからず戸惑っていた。

「あのさ」

いたたまれなくなって「もう大丈夫だから帰ってくれ」と言おうとしたとき、彼がポツリと呟いた。

「……まったく」

「え？」

「あなたときたら、馬鹿ですか？」

「な、なんだよ」

「私が止めなかったらどうなっていたかわかっていますか」

「それはその……感謝している」

「軽はずみな行動はやめなさい」

「あの店があんなところだとは知らなかったんだ。亡くなった大間社長があの店の常連らしいと聞いたから、それで」

「単独で調べるのはやめなさいと言ったでしょう」

どうやら朝吹は俺があの店へ行ったことを怒っているらしい。露骨に怒りを露わにする。たしかに彼に何度も単独行動はするべきではないと言われてはいた。

だが、部長から怒られるのならわかるが、いくら同期とはいえ、なぜ被疑者の弁護人である朝吹から怒られなければならないかわからない。

彼には危ないところを助けては貰った。それはありがたいと思うが、俺はイマイチ納得いかなかった。

それでも朝吹はジッと俺を睨み付けて微動だにしない。俺は、まるで彼から取り調べを受けているような気分だった。

「君の方こそどうしてあの店へ？」

「大間社長の交友関係を調べていて、あの店を知りました。私も、従業員から話を聞こうと思って店へ行ったら、あなたが入っていくのを見たのです。それで、あなたの聞き込みが終わるのを待っていたのですが、三十分経っても一時間経っても出てこないではありませんか。おかしいと思って店の中へ入ってみたら、あなたの悲鳴が聞こえたわけです」

（なんだ、そうだったのか……）

「まったく世間知らずにもほどがあります。自分は検事で聞き込みに来たとちゃんと名乗らなかったのですか？」

「それはその……聞き込みだと言ったら話してくれないような気がしたんだ」

俺がそう言うと、朝吹は呆れた顔をする。

「本当に馬鹿ですね」

「悪かったな……」

俺は何度も馬鹿と言われて、だんだん腹立たしくなってきた。

あの店があんな店だと知らなかったのは俺の迂闊さだ。だが、彼にここまで露骨に馬鹿呼ばわりされることはない。

「本当に聞き込みだけで言ったんですか？　あの店に興味があったんじゃありませんか？」

「それ、どういう意味だよ」

「あそこは好みの相手を探すための場所です。男が欲しくなったんじゃないんですか？」

「おい！」

俺は思わずむかついて、ベッドから起きた。

朝吹はまるで俺が男漁《あさ》りに行ったような言い方だった。

「私は余計なことをしたのかもしれませんね」

「いいかげんにしろ！　それ以上俺を馬鹿にすると殴るぞ！」

「違いますか？」

（この野郎……！）

「助けてくれたのはありがたいと思っている。だけど、君に侮辱《ぶじょく》される覚えはない」

俺は腹立たしくて彼を睨み付けた。

すると朝吹はそんな俺を小馬鹿にしたように鼻の先で笑う。

俺はますます悔しくなって歯ぎしりをしていた。

「あなたはあの種の男たちにとっては最高のご馳走《ちそう》なんですよ」

「どういう意味だよ、それ……」

「変に女々しくなくてちゃんと男だし、かといって特別男臭いわけではない。そのうえ男にしては女よりも綺麗だし、プライドが高いからねじ伏せて従わせたいという欲望をそそるんです」

「俺が？　まさか……？」

「もう少し自覚してください」

「そんな馬鹿な……。なに、くだらないことを言っているんだ」

俺が信じられずに言い返すと、朝吹は呆れたように言う。

「ほら、すぐにムキになる。そういうところがそそるんです」

「あのなぁ……！」

俺はあまりのことに苦々しくなり彼を睨み付けていた。

すると朝吹はなにを思ったのか、俺の胸をスーッと指でなぞる。

とたんに彼にふれられた部分が熱を持ったように疼き、俺は思わず身体をビクッとさせていた。

「欲情していますね」

(え……？)

俺の乳首はシャツの上からでもわかるほどプッと膨らんでいたのだった。

「あの店でなにか飲まされましたか？」

「いいや……。でも、ホールに入ったときに、なにかお香のようなものが焚かれていたんだ。それを嗅いだら身体がカッカして、そのなんていうか……」

「そのせいかもしれませんね。まったくとんでもない店です」

朝吹は忌々しそうに呟き、俺の膨らんだ乳首をシャツの上から指の先で弄りだした。

すると不思議なことに触られているのは胸だというのに、身体の芯がゾクッと疼く。

(あ……！)

思わず喘ぎそうになって慌てて唇を嚙みしめた。

「ここも堅くなっている」

朝吹は俺の股間を見て、クスリと笑う。彼の言うとおり、俺自身もいつしか熱くなっていた。

まったく情けないやら悔しいやらで、俺は消えてしまいたいほど恥ずかしかった。

こんな情けない自分を彼に見せるなんて最悪だった。

それなのに朝吹はさっきまでの不機嫌さが嘘のように消え、やけに楽しそうだった。

「辛いですか？」

「……うるさい」

今さら否定もできずにぶっきらぼうに答えると、彼は声を出して笑う。

「おい」

「あ、すみません。あんまりあなたが可愛いから」

(俺の何処が！)

こんな状態の俺を見て彼は信じられないことを言うのだ。

「怒らないでください。このままでは辛いでしょう」

「それは……」

彼も同じ男だから俺がせっぱ詰まっていることはわかるらしい。すると彼はまるで天気の話をするように言った。

「とにかく一回抜いた方がいいですね」

「朝吹！」

「それとも自分で抜きます？」

彼はからかうように俺の耳元で囁く。その声はしっとりとして艶やかだった。

(え……？)

どこかで聞いたようなベルベットボイス……。

俺はそのとき、その声に導かれるように記憶が蘇ってくるのを感じていた。

(まさか……!)

「どうします?」

(そんな馬鹿な……!)

「あのなぁ、いいかげんにしろ! そりゃあ俺は司法修習生の頃から君とは反発しあっていた。俺はむかついて殴ろうとしたこともあるし、君のことを嫌な奴だとも言ってもいた。だけど、こんな屈辱を受けるいわれはない」

我慢できなくなって怒鳴ると、彼はまたスーッと目を細め険しい表情になった。

「屈辱ですか?」

「そうだ」

それでも俺はひくつもりはなかった。

「あなたにとって私は屈辱の相手でしかないと」

「その通りだ」

ますます彼は怖い顔になっていく。そんな彼を見て俺はさすがに気後れしそうになった。

なにしろ朝吹は端整な顔立ちだから無表情になると殺気立ち、怖さが倍増する。

俺はそんな彼を見て、以前もその顔を見たことを思いだした。

あれはいつのことだっただろうか……？

たしか司法研修所を卒業する頃だったと思う。

(あれは……そうだ。飲み会をした翌日だったんだ。あのときどういうわけか彼は俺のアパートへ尋ねてきた。それでやけに俺の身体のことを心配してくれて)

俺はすっかり忘れていたことを思い出した。

あのとき俺は、自分が前夜とんでもないことをしてしまったのにうすうす気がついていた。

なにしろ俺の身体中には、酔っぱらったぐらいでは付くはずもない痣《あざ》がいたるところにあった。

だから俺は軽いパニック状態になっていた。そこへ彼が尋ねてきたのだ……。

(あのとき俺はなんて言ったっけ……？)

自分の失態を認めたくなくて、昨夜は飲み過ぎてすっかり酔っぱらってしまい、なにも覚えていないと彼に言った。

すると彼はそれを聞いたとたんに怖い顔になった。

(そうだ……あのときと一緒だ)

あのとき俺がそう言うと、彼はそのまま無言で帰っていった。

「なぁ……」

「なんですか？」

「……もういいから帰れ」

「ずいぶん勝手なことを言うんですね」

「ああ、そうだ。だから帰れと言っているんだ。そうでないと……」

「そうでないと、どうだと言うんです？」

「煩い！」

俺は一言喚いてもう一度ベッドに倒れ込み、彼に背を向けた。

するとと朝吹は呆れたように言う。

「まったく子供みたいな人だ」

「悪かったな……。そうだよ。俺は子供なんだ。だからあんな……あんなことを」

「あんなこと？」

「さっさと帰れと言っているだろう！」

振り返って怒鳴ると、彼はどういうわけかさっきまでの怒りが嘘のように消えていた。

「あんなことってどんなことです？」

「君には……関係ない」

「そうかなぁ。関係あるんじゃないんですか？」

俺はそれ以上言い返すことができずに押し黙った。

そんな俺を朝吹はジッと見ている。

俺はあの夜の相手が誰だったか、はっきりと思い出した。相手は朝吹だったのだ。

(なんてことだ……！)

よりにもよって一番苦手と思っていた朝吹と、あんなことをしてしまうなんて……。

俺は今さらながら信じられなくて酷く動揺していた。

彼とは司法研修所で出会ったときから好敵手《ライバル》だった。

朝吹に最初に会ったとき、俺がこんな男だったら、オヤジたちも安心だったろうにと思った。

俺はオヤジたちのようになれない自分にコンプレックスを持っていた。それだけに彼に対して人一倍対抗心もあった。

それなのに……。

(なんでこんな奴と……！)

だがあの夜の朝吹は、別人のように弱々しかった。もちろん強引に俺を求めてきたが、それでもまるで俺に救いを求めるかのようだった。

(どうして……？)

わからない。俺が知ってる朝吹庸介は自己顕示欲が強くて、他人なんか利用するものだと思っているような男だったはずだ。

(だから次の日、俺の様子を見に来たのか……)

迂闊なことに俺は何も気づいていなかったのだ。

それなのに、さっきの彼の声ですべてを思い出してしまった。

あの夜、俺を求める艶やかな彼の声を……。

「どうしました？　もうあなたの弁論は終わりですか？」

「誰が弁論だ」

「そうでしょう」

「君なんか大嫌いだ！」

「なるほど。私はあなたが大好きですよ」

（え……！）

驚いて振り返って彼を見ると、朝吹はやけに真面目な顔だった。

「嘘つきが……」

「嘘ではありません。司法研修所で初めてあなたを見たとき、あなたこそ私が探していた人だとすぐに気づきました」

「俺が？」

「あなたは私の半身だとね」

「なんだよそれ……」

「私のように狡賢くなく、何でも真っ直ぐに受け止める。そんなあなたが私にはとても眩《まぶ》しかった」

「朝吹……」

俺は啞然となって彼を見返していた。彼は俺のことをそんな風に思っていたのだ。

「それなのにあなたときたら私のことを認めようとはしないし」

「俺は別に……。それに、君だって俺に喧嘩をふっかけてきただろう」

「あなたを見ていると、好きだから余計に苛めたくなるんです」

「なんだよ、それ……。もういいから、帰れ！」

「自分の都合が悪くなったら帰れですか。本当に勝手な人だ。わかりました。あなたがそういうのなら帰ります。でも、それはどうするつもりです？」

「それって？」

「これですよ」

そう言って朝吹は澄ました顔で、俺の股間をやんわりと撫《な》でる。

そのとたんに俺は悲鳴を上げて逃げた。

「さわるな！」

「こんなになっているのに一人で慰めるつもりですか？」

それは俺の意志を無視して、ますます猛りだしていた。なんとか気持ちを静めようとするが、それをなだめることはできなかった。そんな俺の様子を朝吹は楽しそうに見ている。

「さっきより大きくなったみたいですね」

「もう……放っておいてくれ」

さっきからジンジンと痛みだしていた。それでも俺はなんとか理性でそれに耐えていたのだ。

なぜなら、このままではまたあのときの夜と同じ状況になりそうだったからだ。

それだけはしたくなかった。そんなことになったら俺は今度こそ彼と向き合わねばならなくなる。それが怖い……。

すると朝吹はそんな俺を煽るようにジッと見返す。その目は艶やかに輝き、まるで呑み込まれそうなほど妖艶な顔だった。

それはあの夜、公園の街灯の下で見た顔だった。

「見るな！」

「見るのも駄目なんですか？」

「そうだ。君に見られたら俺は……またあのときみたいに」

俺が耐えきれなくなって口走ると、彼はそれを聞いて嬉しそうに言う。

「やっぱり覚えていたんですか？　あの夜、あなたはかなり酔っていましたから、なにも覚えていないというのは本当だとばかり思っていました」

「それは……」

「しまったな」

「え……？」

「すっかりあなたの嘘を信じてしまった。私に抱かれて覚えていないなんてふざけていると思って怒っていたのですが、私としたことがとんだ勘違いだったようです」

「朝吹……」

「あの次の日、あなたを心配して様子を見に行ったら、あなたは私に夕べのことはなにも覚えていないと言ったでしょう。それを頭から信じてしまった。私はあんなに尽くしてあげたのに覚えていないと言われてむかついたのですが、みんな嘘だったんですね」

朝吹は一人残念そうに呟いている。

「もしかして君が俺になにかと突っかかってきたのは……？」

「決まっているではありませんか。この私に抱かれて覚えていないなんて馬鹿にしていると思ったからです」

「君なぁ……」

「あの夜、私は決死の覚悟だったんですよ。あなたに嫌われたらと思うと怖かったのです。それでも酔っぱらっているあなたはとても色っぽくて我慢できなかった。そのうえ私を挑発するようなことを言うし」

「俺が……いつ言った？」

思わず文句を言うと、彼は呆れた顔で答える。

「言ったではありませんか。なにをされても許せると言ったでしょう」

「それは……そうだが」

「だから嫌われてもいい。あなたが欲しいと思ったのです。それなのにあなたときたら夕べのことは忘れたなんて言うし……」

朝吹は俺をなじるような目で見る。

「……」

「私はそれを聞いたとき、最初はあなたに嫌われていないとわかってホッとしました。でも、すぐに腹立たしくなってきたのです。嫌われるならともかく忘れられてしまうなんてあんまりではありませんか。さんざん悩んでギリギリまで我慢して、嫌われてもいいと悲壮な覚悟で抱いたのに、忘れるなんてあんまりです」

「あのなぁ……」

「ですが、私もまだまだだな。あなたの本心が読めなかったなんて」

(なんて男なんだ……)

どうやら司法研修所時代も俺に突っかかってきたのは好きだからだで、俺が検事になってからもけんか腰だったのは、俺があの夜のことを覚えていないと言ったからだったらしい。

朝吹という男はもっと大きな人物だと思っていたが、それは俺の勝手な思いこみだったようだ。

「私が、この前の車の追い越しによる傷害事件も、今回の市原さんの事件も依頼を受けたのは担当検事があなただと聞いたからです」

「なんだって……」

「あなたを苛める絶好の機会ですからね」

俺はそれを聞いて呆れてしまった。

「……つまんない奴」

「誰がですか？」

「君がだ」

「言いましたね」

「言っちゃ悪いか！」

「わかりました。私がつまらないかどうか、もう一度あなたの身体に教えてあげましょう」

「おい、ちょっと待て！」

朝吹は俺が止めようとするのもかまわず、着ていた服を次々と勢いよく脱ぎ捨て裸になると、そのままベッドへ上がってくる。

彼の身体はスーツの上から見ていたときよりもずっと筋肉質で格好良かった。

「帰れよ」

「いやです」

俺が焦って文句を言っても聞こうとはしない。

「おい、なにをするつもりだ？」

「あなたとSEXですよ。男が欲しいんでしょう」

「欲しくなんかない！」

「往生際《おうじょうぎわ》の悪い人だ。認めなさい。あなたは私が欲しいんだ」

「違う！　絶対に違う！」

俺は必死に抵抗したが、あっさり彼に力で封じ込められ、そのままシーツの上に押さえつけられた。

「離せ！」

「ベッドが少し狭いですね。買い直した方がいい」

「煩い！」

俺が喚くのもかまわず、彼はそんな勝手なことを言って俺の身体をさらにシーツにギュッと押しつける。

「あ……！」

俺は思わず、さっき店で男たちに押さえつけられたことを思い出した。

とたんに身体がビクッと震えた。すると朝吹は慌てて力を抜いた。

「すみません。痛いですか？」

「……」

俺はなんと答えていいのか迷って答えられなかった。

「吉野さん？」

「なんでも……ない」

朝吹はそんな俺の顔を心配げに覗き込む。

「どうしました？」

「あのなぁ、こんなことをして『どうしました？』もないだろうが！」

喚いて俺は思わずギョッとなった。

（……どうして？）

理不尽にベッドに押さえつけられているというのに、俺は嫌だと言いながらも心のどこかでそれを受け入れていた。

（いいのか……本当に？）

「怖くなったんですか？」

「……そうだ」

「やめますか？」

「君は俺に、ガキみたいにオナニーしろっていうのか？」

「それじゃいいんですね？」

強引に迫りながら、朝吹はそんなことを聞く。

「痛いのは……嫌だ」

俺はそのとき、またあの夜と同じ過ちを犯そうとしていた。

だが違うのは、酔った上での過ちではなく、自分から望んだことだった。

「大丈夫です。とても気持ちよくしてあげます。あの夜もよかったでしょう」

「覚えていない」

照れ隠しに言い返すと、朝吹はクスリと笑って俺の耳元に囁く。

「嘘を付いても二度目は信じません」

その声はゾクゾクするほどに艶やかで、とたんにつま先から頭の天辺へなにかが駆け上った。

法廷で対峙しているときは抑揚のない低い声のくせに、こんなときだけそんな声を出すなんて犯則だと思う。しっとりとしたベルベットボイスが俺を刺激する。

「あ……！」

俺は思わず喘いで、咄嗟に彼の身体を押しやろうとした。だが、なぜか手に力が入らなかった。

「やさしく愛してあげます」

彼はそう言うなり、俺の首筋に顔を埋めた。

「あ、朝吹！」

「私を思いっきり感じてください」

俺はしだいに快感に流されていった。

彼は俺の服を破らんばかりにして脱がせると、まるで壊れ物でも扱うかのようにそっとシーツの上にもう一度寝かせた。そして裸の俺をジッと見つめる。

俺はなんだか照れくさくなり、思わず彼に向かって手を伸ばす。
すると彼は俺が怖がっていると思ったのか、俺の手をギュッと握りしめた。
「優しく愛してあげますから。怖がらないでください」
そう言ってとても嬉しそうに微笑んだ。
俺はそんな彼を見て、どうしていいかわからないほど恥ずかしかった。
(俺はなぜこんなことをしようとしているのだろう?)
彼に惹かれていることは間違いない。だが、それが「愛」なのか自信はない。
「愛」と呼ぶには重すぎる。それならばなんだろう?
今まで同性を求めたことなんて一度もなかった。男を見て欲情したこともない。
朝吹は俺はその種の男たちを惹きつけると言うが、自分ではそんな自覚はなかった。
それなのに俺はなぜこの男と身体を結ぼうとしているのだ?
あの店で嗅いだ香のせいにするのは簡単だったが、それに逃げるのは卑怯だと思う。
朝吹は俺が好きだという。自分の半身だと言い張る。だけど彼が本気なのか……。
いや、むしろ、一時の気まぐれでただの方便の方が楽のような気がした。
心よりも身体の方が簡単に彼を受け入れようとしていた。
そんな自分を俺は止めることができなかった。本当に馬鹿だと思う。
あの夜、朝吹は縋るように俺を求めてきた。今もそうだ。

自信に溢れた仕草で俺を求めながら、その実、彼の瞳はどことなく不安げに揺れていた。まるで俺に拒絶されることを恐れているような……。

そんな彼を俺はやはり突き放すことはできなかった。

朝吹は優しく愛してやると言ったとおり、俺の全身をしつこいくらいに愛撫し続けた。

長すぎる前戯に俺が音をあげて嫌がっても、それをやめようとはしなかった。

首も胸も腹も……あそこも、身体中を嘗められ、彼の唾液でベタベタになった。

彼に大好きだと言われて、俺は嬉しかった。

ずっと嫌われていると思っていた。そうではなかったのだ。それが無性に嬉しい。

「あ……っ！　もう……そこは……よせ！」

彼の下で身体を淫らにくねらせる。そんな自分があさましく思えたが、欲望に呑み込まれていくのを止められない。

「見るな……！　こんな俺を見るな！」

「どうしてです？」

「だって……俺は」

恥ずかしさに顔を両手で隠そうとすると、朝吹はその手を無理やり外す。

「隠さないで。もっと素直に感じてください。とっても綺麗だ」

「……馬鹿。もういいから……いかせてくれ」

俺はそのうち耐えきれなくなって哀願した。

「まだ駄目です。あの夜あなたを抱いてからというもの、私がどれほどあなたを恋しかったかわかりますか？　日が経てば経つほどおかしくなりそうだった。そう簡単にはいかせてあげません」

「朝吹！」

俺は思わず叫んだ。だが、それでも彼はやめようとはしない。俺の腹から下へと何度も何度も嘗め続ける。俺はひたすら喘ぎ続けていた。

「うっ！　あぁ……っ！　はぁ……！」

そのうち彼は俺の両足を大きく広げさせ、そこに躊躇いなく顔を埋める。

産毛を舌の先ですき上げるように嘗めながら、片手で猛りだしたもの軽く握りしめて締め付ける。そしてもう一方の手は袋を摑んでそれをコリコリとほぐしだす。

俺はそこを集中的に攻められて、たまらなくなりひたすら身体をくねらせてよがっていた。

「あ！　う……っ！　あ……ん！」

熱くて熱くて、どうにかなりそうだった。汗が全身から噴きだし、彼の唾液と混ざってシーツへと落ちていく。身体の芯が濡れだし、彼の舌の動きに合わせて俺はひたすら肌を震わせていた。

「朝吹……あぁ！　そこは……もう！」

俺のものはさらに堅く立ち上がり、彼の手の中で燃えそうなほど熱く熱を放っていた。

袋は指で何度も弄られ、先端から流れ出した雫が落ちてきて彼の指毎《ごと》濡らしていく。

するとと朝吹は今度は俺の後ろの入り口をそっと弄りはじめる。

一度彼を受け入れたことがあるとは言っても、もうずいぶん前のことだったので、堅くしまって彼の侵入を拒《こば》んでいた。

「少し苦しいかもしれませんが、我慢してください」

朝吹はそう言うと、俺の腰を少し持ち上げてそこに枕を押し込んだ。それで俺は彼にそこを突き出すような格好になる。朝吹はそんな俺を見てゴクリと喉をならす。彼も欲情している。俺は自分がどんなにあさましい姿をさらしているか、考える余裕さえなかった。ただ、次々と突き上げてくる欲望に流され、快感を貪欲に求め続けていた。

彼は指でそっと俺のそこを左右から開かせる。ピリッとした痛みが走り、俺は身体を硬くしていた。すると彼は今度は舌でそこを嘗め出す。生温かい舌の先で入り口の襞を突かれ、俺は耐えきれずに尻を振ってしまっていた。たった一度彼と身体を合わせただけだというのに、そこで感じることを俺の身体は覚えていた。舌の先で突かれ、すぐに襞は嬉しげに震え出す。俺のものは次にくる痛みさえ忘れて、ますます天を睨んで張りつめていく。

「もっともっと気持ちよくしてやるから」

朝吹はそこを嘗めながら俺に言う。

「あたりまえだ……。あ……！　俺にこんなことをして、気持ちよくなかったらただじゃすまないからな。うっ……！」

俺は喘ぎながらそんな憎まれ口を聞いていた。すると彼はいきなり嘗めていたそこを強く吸い上げる。

「あっ……！」

俺はいっそう甲高い声を上げて、そこを震わせる。

そして、俺が耐えきれなくて肩で大きく息を吐くのを見て、嬉しそうに目を細めた。

そこは彼の唾液ですぐにグチュグチュに濡れていく。俺はひたすらシーツをギュッと掴んで、ともすればいきそうになるのを必死に耐えていた。

彼は舌と指でさんざんそこをほぐし、俺が快感に我を忘れてしまうまで愛撫し、さんざんよがらせたあとでゆっくりと自分の楔《くさび》を突き入れてきた。

もちろんどんなにほぐされたといってもそう簡単に受け入れることはできない。

先端の大きい部分を突き入れられたとき、あの夜と同じように身体を二つに引き裂かれるような痛みが走った。

「あ……朝吹！　うっ！　やぁ……！」

「すみません……。もう少し我慢してください。お願いです」

全身をこわばらせて彼を拒絶する俺に、彼は何度も何度も謝りながら受け入れさせる。

彼が突き入れるたびに、彼の楔は俺の襞を擦《こす》って中へと潜り込んでいく。

擦れた部分が熱を生み出し、その痛みは永遠に続くようにさえ思えた。

それでも俺は彼を拒絶できない。

「吉野さん……もう少し、もう少しで全部入りますから、我慢して」

朝吹の額からは汗が噴きだし、グチャグチャになりながら俺に謝り続ける。

それは俺が初めて見る朝吹だった。彼は俺を攻め立てながら、まるで自分が受け入れているかのように辛そうな顔をしている。そんな彼がとても可愛いい。

そっと手を伸ばすと、彼は俺の手を摑んで、そのまま俺の身体を起こす。

俺は彼の膝の上に乗せられ、向かい合うような格好になり焦った。自分の体重で受け入れているものがさらに奥へと入り込んでいく。

「あ……！」

咄嗟に彼の逞《たくま》しい肩に、両手で抱きついて身体を支えた。お互いの身体は汗ばみ、濡れていたが、俺は夢中だった。彼は俺を抱きつかせたままでゆっくりと腰を使いだす。

「あぁ……っ！　やぁ！」

そして俺がすすり泣くのもかまわず、彼は強引に攻め立てて俺の中へすべてを受け入れさせた。

その頃には俺はなにがなんだかわからなくなっていた。受け入れているそこは焼け付くように痛んでいる。だが、燃え上がった欲望の炎は消えることなく、さらなる快感を求めて疼き続ける。

飢えたような身体を俺はもてあまし、ひたすら彼に縋り付いて喘いでいた。

「あ……っ！　う！　あぁ……！」

身体は痺れたようになり、彼が腰を揺らすたびに、獣のような彼の声が俺の耳をくすぐる。

彼もまた欲望に呑み込まれていた。そのうち彼が俺にキスをねだってきた。

それで俺はしがみついていた腕を放して、彼と向き合った。

「吉野さん……」

切れ長の美しい瞳が俺を真っ直ぐに見ている。その目は艶やかに輝き、俺を求めていた。

その瞳に俺の顔が浮かんでいた。俺は恥ずかしくて目を逸らした。

すると彼はそんな俺の顎《あご》を指の先でそっと持ち上げる。そしてゆっくりと唇を近づけてきた。

それは俺が男とする初めてのキスだった。唇がふれた瞬間、そのまま強く吸われた。

思わず唇を開くと、すかさず彼の舌が潜り込み、今度は口の中を貪り始める。

俺は身体が崩れそうになり、咄嗟にキスを受けながら彼の首に両腕を回して支えた。

彼はそれでもさらに荒々しく舌を絡ませて俺の口の中を貪る。

「あ……！　あぁ……！」

どちらのものかわからない唾液が漏れだし、顎から首へと流れていく。

受け入れているそこはまだ焼け付くように痛かったが、俺はいつしか彼のキスに酔っていた。

そして彼は再び荒々しく俺を攻め立て、ひときわ深く突き入れたとき、俺の中で一気に上り詰めた。

「あ……あぁ！」

その瞬間、俺も我慢できずに絶頂目指して勢いよく駆け上った。

こうして俺は自分から望んで彼と身体を合わせたのだった。

「なぁ……」

ともに上り詰めた後、俺はグッタリしてシーツの上に倒れ込み、そのまましばらく身体を動かせないほどだった。それなのに朝吹ときたらいってしまうと安心したのか、手を伸ばしてスーツのポケットからタバコを取りだすと、俺の横で上手そうに吸い始める。

「タバコ……煙《けむ》い」

「すみません。嫌いですか？」

「嫌い」

「たった今から禁煙します」

彼はそう言うと、慌てて吸いかけのタバコを携帯用灰皿でもみ消した。俺はそんな彼を苦笑して見ていた。

「もう満足しただろう。帰れ」

「そんなに邪険にしないでください」

「煩い……」

（また、とんでもないことをしてしまった）

どっぷり自己嫌悪に陥っているというのに、朝吹はやたらと楽しそうだ。

そりゃあ彼はいい。この場合、やはり俺の方の負担が大きいと思う。

「気持ちよくなかったですか？　吉野さんもちゃんといきましたよね」

「……知るか！」

「それとも一回では足りませんか？」

(こ、このお〜！)

俺は頭にきて彼をジロリと睨み付けた。すると彼は慌てて両手を挙げてバンザイの格好をする。

「言い過ぎました」

「……馬鹿」

俺はむかつきながらもシーツに俯せになった。シーツは、俺の汗と涙とそれに俺たちのものでグッショリ濡れていた。あまり気持ちよくはなかったけど、とにかく身体を動かすのが面倒だった。

「事件のことですが……」

「なんだよ」

「亡くなった大間社長はゲイだったようです」

「だろうな……」

彼がときどき行っていたというあの店が、その手の店だったので俺は否定しなかった。

「それも大間社長の周辺を調べたところ、はっきりと断定はできませんが、もしかすると大間社長と市原さんとは愛人関係ではなかったかと思われます」

「え……彼と？」

「そうです」

（まさか……？）

俺はさすがに信じられなくて考え込んだ。

みんなから呆れられるほどケチだった大間社長が、市原にだけは別だった。

釣りや映画に連れて行ったり、母親の手術費用もだしてやったりしている。亡くなった大間社長が市原のことを特別可愛がっていたのは間違いない。

だけど、大間社長がゲイだからといって、市原に恋愛感情を持っていたとは限らない。

本当に実の息子同様に可愛がっていただけかもしれない。

それに市原には妻がいる。もちろん大間社長もだが……。

だから俺は、二人が愛人関係にあったとはとても思えなかった。

「大間社長がゲイだとしてもそれはどうかな。市原も結婚しているし」

「彼は大間社長との関係に嫌気がさしていたようです」

「え……」

「ですが、大間社長の方は市原さんに未練があったらしく、彼が結婚してからも関係を戻そうとしつこく迫っていたようです。市原さんの中学時代からの親友だという人から聞いたのですが、彼の話では市原さんは大間社長から毎日のように電話がくるので困るとこぼしていたと言っています。それで電話を無視すると、今度は会社の近くで待ちかまえていたりしたようですね」

「大間社長が……」

「はい。その友人は、大間社長は市原さんに自分の店に戻って欲しくてしているんだとばかり思っていたようですが」

杉田も大間社長を市原のアパートの近くで何回か見たと言っていた。

もし、朝吹が言うように二人がそういう関係だったら、大間社長は市原から金を貸してくれと頼まれて断るとは思えない。

「もう一度、所轄の警察に徹底的に調べさせよう」

「それがいいと思いいます。市原さんが話してくれれば一番早いのですが、相変わらず私は面会を拒否されていまして、このままだと彼とは法廷で初めて顔をあわせることになりそうです」

「それがわからないんだよなぁ……。彼は犯行を認めている。君は、彼が無罪だというが、現場に残っていた証拠も目撃者の証言も、市原が車で大間社長をひき殺したのは間違いないんだ。それなのになぜ彼は黙秘を続けるんだろう。理由がわからない」

俺がそう言うと、朝吹は驚いたように言う。

「市原さんは黙秘をしているんですか？」

「そうだ。自分が社長を殺したんだから早く死刑にしてくれと言うばかりでまるで埒があかない」

「それは妙ですね」

「だろう」

朝吹も納得できないという顔だった。

「おかげで岩根さんからは、仕事が進まないと文句を言われるし……」

俺はそう彼に愚痴って慌てて言うのをやめた。忘れそうになっていたが彼は被疑者の弁護人だった。

法廷では対決しなければならない相手だ。そんな男に愚痴るなんて、検事失格だ。

だが朝吹は、大間社長がゲイで二人は愛人関係だったなんて、市原にとっては不利になるようなことをなぜ教えるのだろう？

「あのさ、君は俺が担当検事だってこと忘れていないか？」

「覚えていますよ。だから吉野さんに協力しているんじゃないですか。少しでも恋人の手助けをしたいと思うのは人情だと思いますが」

「俺がいつ君の恋人になった」

あせって言い返すと、朝吹は残念そうな顔になった。

「駄目ですか？　さすがに性急すぎかな。それでは、まず身体の関係から始めませんか？」

「余計悪いだろうが！」

俺はそんな彼を思いっきり怒鳴りつけたのだった。


その翌日、俺は登庁するとすぐに、所轄の警察署に市原の事件の追跡調査を頼んだ。

もちろん俺が頼んでもあの捜査一課長が聞いてくれるとは思えなかったので、部長を通して直接署長の方へ言って貰った。

俺としては口惜しいが、もっと検事としてのスキルを身につけていくしかない。

そして再度、市原を取り調べたが、相変わらず彼は「俺が社長を殺したんだ。早く死刑にしてくれ！」と喚くだけで、俺の質問には答えようとはしない。投げやりな態度で手に負えなかった。

それでも俺が大間社長との関係をそれとなく聞くと、認めはしなかったが、無言で俺を睨み付けてきた。そんな彼の様子から朝吹の読み通り、二人が愛人関係だったというのはまんざら憶測ではない気がした。

その朝吹はと言うと、今朝早くに俺のアパートから帰ったのだが、ものの三十分も経たないうちに「仕事にでられそうですか？」と心配して電話をしてきた。

もちろん俺はあたりまえだと答えたのだが、それでも心配だったらしく、昼休み少し前にわざわざやってきた。

岩根さんは、いつものように昼になるとさっさと昼食を取りに行ってしまう。

俺は昨夜のこともあって、二人っきりになるのがものすごく気まずかった。

だが朝吹の方は、昨夜のことなどまるでなかったような顔をしている。

俺が勧めるよりも先に、目の前の椅子に腰掛けてスマートな仕草で足を組む。

一見すればキザで鼻持ちならないポーズだが、自然に見えるから不思議だ。

俺は、彼に正面から見つめられて、少々気恥ずかしかった。

「市原さんの様子はどうです？」

「どうもこうもない。相変わらずだ。だが、俺が大間社長との関係をそれとなく匂わせたら凄い形相で睨み付けられた」

「二人の関係は間違いないと思います。大間社長と釣り仲間だった人からやっと聞き出しました。なにしろ大間社長が亡くなっているので、故人に鞭を打つようなことはできないと、なかなか本当のことを話してくれずに手こずりましたが。二人はもう何年も愛人関係だったそうです。それがあまり大間社長が市原さんを可愛がるので、店の従業員たちの噂になり、それで市原さんが高校を卒業したのをきっかけに今の会社に就職させたらしいですね」

「そうだったのか……」

「その頃から市原さんは大間社長との関係を清算したがっていたらしく、釣り宿で別れる別れないで揉めたことがあったそうです。大間社長の方は市原さんにご執心で、妻と別れるから傍にいてくれとまで言っていたようです」

「大間社長が?」

「はい。それでも市原さんは強引に別れたらしいのですが、別れた後も大間社長は彼に何度も復縁を迫っていたようですね」

俺はそれを聞いて唖然とした。大間社長は本気で市原に惚れていたのだ。

「これは私の憶測ですが、どうやら大間社長はストーカーまがいのことまでしていたふしがあります」

「え?」

「たぶん調べればはっきりわかると思いますが、市原さんが嫌がっても、彼の会社に頻繁に会いに来ていたようですし、アパートの方にも何度も尋ねてきていたようです。同じアパートの人が、夜中に市原さんの部屋の前に立っている大間社長を見て、不審者と思って警察に通報するという騒ぎも起きています」

それは俺の知らないことだった。

「近所の人に騒がれて、大間社長はすぐに逃げたようですが」

「だけどな、市原の奥さんは大間社長とは面識がないと言っていたが?」

「それなんですよ。私も聞いたのですが、どうやら市原さんが彼女には会わせないようにしていたようです」

「二人の関係を彼女に知られたくなかったのかな？」

「それだけではなかったようなんです」

「なぜだ？」

「市原さんは、大間社長が彼女に、なにか危害を加えるのではと心配していたのではないでしょうか？」

「え？」

「大間社長は市原さんが彼女と結婚したと知って、かなり激怒していたようです」

「そうか……」

「ただ、市原さんの方は大間社長に対して本当はどう思っていたのか、今ひとつはっきりしないんですよね」

朝吹は困った顔で言う。

「君は相変わらず面会を拒否されているわけか？」

「はい。ここに来る前に拘置所の方へ行ったのですが、被疑者から拒否されればどうしようもありません」

「まぁ、いいさ。今、事件を扱った警察に追跡調査を頼んでいるから、いずれはっきりするとは思う」

「あの捜査一課長がよく了解しましたね」

「彼を知っているのか？」

俺が聞くと彼は苦笑して頷く。

「警察官としては今時珍しい昔気質《かたぎ》の人ですが、それだけに周りは大変なようです」

「確かになぁ……」

捜査一課長は、若造検事に嘗められてたまるかとばかりに、最初から俺に対して敵対心をむき出しにしてきた。

だが、それは間違っている。今回の事件に不確かなものが多い以上、真実をはっきりさせる必要がある。捜査一課長も俺も、思いは同じなのだ。

朝吹は思わず考え込んだ俺をジッと見ている。

本当は気づいていた。司法研修所時代から彼の俺に向ける真剣な目を……。

気づいていたから怖かった。振り返ったら底なし沼に引きずり込まれそうな、そんな恐怖を感じた。だから気づかないふりをし続けた。

それでも彼は何度も強引に俺を振り向かせようとしてきた。

俺は彼が怖かった。嫌いだと思うことでしか自分を守れなかった。

根性がないと非難されればそうかもしれない。

だけど、自分のすべてをさらけ出して求めてくる相手を受け止める勇気は俺にはなかった。

逃げることも目を逸らすこともできず、俺に残された道は気づかないふりをしてやり過ごすことだけだった。

こうやって朝吹と話していると、嫌でも昨夜のことが思い出された。彼の熱い腕と、艶やかな声が聞こえてきそうになる。

俺はそれに囚われそうになる自分を慌てて叱咤《しった》していた。

「それで、君は今でも公判では無罪を主張するつもりか？」

「もちろんだと答えたらどうします」

「そうだなぁ……戦うしかないな」

「あっさり言いますね」

「自白を無視しても、彼が殺したという証拠は揃っている」

「警察の捜査には手落ちがあります」

「それは認める。だが、事実は曲げられない」

俺がキッパリそう言うと、朝吹はとたんに不敵な顔になる。

「公判が楽しみです」

「俺もだ」

一瞬だけだったが俺たちの間に火花が散ったような気がした。

その後すぐに朝吹は、仕事があるからと言って帰っていった。

(忙しいなら来るな！)

俺はそう思ったのだった。

朝吹の調べ通り、殺された大間社長と市原とは愛人関係だったと報告があったのは翌日のことだった。二人は、市原が結婚する少し前に別れていた。

だが、大間社長は、一旦は市原のことを諦めたものの、諦めきれなかったらしく復縁を迫っていたという。最近ではストーカーまがいのことまでしていたようだ。

さすがに捜査一課長も自分たちの捜査の不十分さを認めて謝ってきた。

その日の午後、俺はまた市原の取り調べを行った。そろそろどうするか決めねばならない。彼は相変わらず、「自分が殺したのだから早く死刑にしてくれ」の一点張りだった。

それで俺は市原に正面からぶつかってみようと思った。

「市原さん、あなたは大間さんのことをどう思っておられたのですか？」

だが、俺が聞いても市原は、無言でジッと膝の上に置いた自分の手を見ているだけだった。

妻の愛奈は着替え等を差し入れに行くと言っていたが、どうやらまだ来ていないらしく、市原の服装は最初に取り調べたときと同じだった。

彼女は、借金の支払いと朝吹への依頼料を稼ぐために、昼も夜も働いているに違いない。

「あなたは大間さんを愛しておられたのですか？」

俺が重ねて聞くと、市原の肩がビクッと震える。岩根さんは、また彼が騒ぎ出して取り調べができなくなるのではと心配げな様子だ。

「大間さんの方はあなたのことを諦めきれなかったようですね」

「……」

「そんな大間さんならば、あなたが貸して欲しいと言えば、いくらでも貸してくれるんじゃないでしょうか？」

「俺が……俺が殺したんだ」

「私が知りたいのは殺害に至ったときの詳しい状況です」

「それはもう警察に話した」

「私はそれがおかしいから聞いているんですよ。あなたは大間さんからストーカーまがいのことまでされながら、警察には届けなかった。これはどうしてです？」

「それは……俺が、ゲイだと妻に知られたくなかったからだ」

市原はキッと俺を睨み付けて答える。だが、俺はそんな彼の様子に疑問を持った。

結婚したばかりの妻に、自分の性癖を知られるのが怖いというのはわかる。

だれだって隠したいことだと思う。だが、それにしてはなにか妙だった。

そういえば杉田が、市原の愛奈に対する態度は彼女を愛しているというよりは、義務感のようだと言っていたことを思いだした。

愛にはいろいろな形があり、同情から生まれる愛もあるし、犠牲的精神のような愛もある。だが市原は、取り調べに際しても、今まで一度も愛奈のことを口にしたことはなかった。俺が彼女からの伝言を伝えても無言だった。普通ならばまず彼女の身を案じるはずだ。彼女は借金が原因で身内とも縁が切れており、頼りになる者は誰もいない。

彼女は今まで男でさんざん苦労して、ソープ嬢にまで落ち、挙句に自殺まで思い詰めた。

そんな彼女を助けて、平穏な暮らしを与えたのは市原だ。だから彼女は、朝吹への弁護費用を払うために、再びソープ嬢に戻り、昼も夜も働き続けているに違いない。

「弁護士との面会を拒否されているそうですね。どうしてですか？」

「うるさいな、俺を早く死刑にしてくれって言っているだろう！」

市原はいつものようにきれて怒鳴る。だが、今回ばかりは俺もひくわけにはいかない。

「私もそうしたい。だが、このままでは起訴できないんですよ！」

俺が声を荒らげて言い返すと、市原は今度は押し黙った。

「あなたが大間さんを殺した。それは間違いない。でも、人一人を殺して『殺したから死刑にしてくれ』では済まないんです。人を殺すということはそれだけ重大なことなんです。それにあなたは、奥さんの気持ちを考えたことがありますか？　奥さんはあなたを助けたい一心で、高い依頼料を払ってまで有名な弁護士を雇ったんです」

「愛奈が……？」

「そうです。奥さんは自分のせいであなたが罪を犯したと苦しんでいます。奥さんを苦しませていいんですか？」

「あいつ、そんな金をどうやって……まさか！」

市原は唖然とした顔になった。

「もしかして……またソープに？」

「奥さんからあなたには言うなと頼まれていましたが、そうです」

俺がそう答えると、市原はとたんに怖い顔で怒鳴った。

「あの馬鹿が！　また、身体を壊したらどうするんだ。検事さん、愛奈を止めてくれ！　あいつのせいなんかじゃないんだ。みんな俺が悪い。だから愛奈が気にすることなんかなにもない！」

握りしめた手が微かに震えている。

「俺のせいだ……みんな、俺が悪いんだ」

「市原さん」

「社長も愛奈も、みんな俺が不幸にしてしまう。俺が……！」

市原は辛そうに天井を仰ぐと、また俺の方を向く。その目は潤《うる》み涙がたまっていた。

「畜生……！　俺が死ねばよかったんだ！」

市原は、絞り出すような声で喚いたのだった。

その後、ようやく市原は素直に、大間社長を殺したいきさつを話し出した。

彼の供述によると、やはり大間社長殺しは金目当ての犯行ではなかった。

「俺は父親の顔を知らないから、社長のことを最初は父親のような人だと思っていたんです。初めて社長に、おまえのことが好きだと言われたときはびっくりしました。だけど社長は俺にとっては神様みたいに優しい人だった」

大間社長は市原に好きだと言ったものの、最初の数年間は無理に身体の関係を求めることはなかったらしい。それだけ大間社長は市原に対して本気だったのだろう。若い市原はそんな彼にほだされ、関係ができるようになった。そしていつしか市原の方も本気になっていたという。

だが、大間社長には妻がいる。世間にも妻にも隠さねばならない関係が、市原にはだんだん苦痛になってきた。

「社長は奥さんとの結婚は、病気の母親に懇願されてしかたなくしただけで愛情なんかないと言っていました。でも、俺たちのことは普通じゃないし、奥さんを裏切っていることになります。奥さんには申し訳ないし、気づかれたらどうしようと、俺はずっと不安だった」

そんなとき、大間社長が市原をあまり可愛がるのでおかしいと噂がたった。

もちろんそれは単なる冗談で、誰も本気で二人がそういう関係だとは思っていなかったらしい。だが、それがただの噂ではないだけに市原は動揺した。

彼が思い切って別れようと大間社長に切り出すと、それなら店を辞めて別のところで働けばいいと言ったらしい。それで彼が定時制の高校を卒業したこともあり、大間社長と相談して店を辞めて今の運送会社に就職した。もちろんその後も二人は、大間社長の妻や世間に隠れるようにして、今まで通り会っていた。

「でも、俺はやっぱり別れるべきだと思ったんです。こんなことをしていたら、いずれ奥さんにも気づかれてしまう。俺は母も亡くなって天涯孤独だからいいが、俺たちのことが世間に知られたら社長は恥をかくことになる。俺、そんなことをあの人にさせられないと思った」

市原は辛そうに唇を噛みしめる。彼も大間社長に惚れていたのだ。

「社長は奥さんと別れるからと言ってくれたけど、俺はそれだけは駄目だと言ったんです。俺なんかのせいで社長が今まで築いてきたものをなくさせるわけにはいかない。そうでしょう。それで俺が、しばらく別れようと言ったらなんとか納得してくれたんです。でも、俺が愛奈と結婚したのを知って、社長は裏切ったと思いこんでしまった。俺はそんなつもりは全然なかったんですが……。社長に女と結婚したいから別れたかったのかと責められて、ついそうだと答えてしまった。そうしたら社長は……」

市原は顔を両手で覆う。俺は彼が今でも大間社長を愛しているように思えた。

「市原さん、どうして奥さんと結婚したのですか？」

「愛奈をほうっておけなかったんです。あいつは男に騙されて借金を背負わされて、ボロボロになって、死ぬつもりでここへ帰ってきたんです。そんなあいつを一人にはしておけなかった」

「それでは奥さんを愛していたわけではないんですね」

「……はい。愛奈にはすまないと思いますが……」

市原は静かに頷く。

「それに俺も社長と別れて寂しかった。あんなに別れた方がいいと苦しんだのに、いざ別れてみると心の中にポッカリと穴が開いたみたいになってしまって……気がついたら、社長のことばかり考えていました。自分から別れると言ったのにです。そんなとき偶然、電車に飛び込もうとしていた愛奈と再会したんです」

「それで彼女と？」

「はい。こっちには親戚は誰もいないし、泊めてくれるような友人もいないというので、最初は二、三日だけのつもりで泊めたんです。なにしろソープで無理をしたのがたたって身体はボロボロになっていましたから。それに少しでも目を離したら、また自殺しようとするし、一人でおいておけなかった。そのうち会社の同僚たちが、俺が愛奈と暮らしていることを知って一緒になれとせっつくので、俺もそれもいいかなと思ったんです。俺は大間社長から逃げる手段として愛奈を利用したんです。卑怯だったんだ。だけどそれがまさかこんなことになるとは……」

市原は辛そうに顔を歪《ゆが》めると、あふれ出した涙を手で乱暴に拭《ぬぐ》う。

「事件のことを話してください」

「あれはあの日から三日ほど前のことでした。仕事が終わって帰ろうとしたら社長が待っていたんです。俺は振り切って帰ろうとしたけど、社長がこれで最後にするから話を聞いて欲しいと言うんです。それでしかたなく社長と話したんですけど……」

そう言って市原は少し口ごもった。

「自分はガンであと三ヶ月もたないと言うじゃないですか。俺は最初は嘘だと思って相手にしなかったんだけど、店の経営も上手くいっていないから、自分が死んだらいずれ店は倒産するだろうと……」

「大間社長がそう言ったんですね」

「はい」

「それを誰か証明してくれる人は？」

「いいえ、社長から、誰にも言わないで欲しいと口止めされました。奥さんにも話していないからと……。でも、この前受けた健康診断でガンが見つかったから、ガンの専門病院へ入院しなければいけないと言って、医者の紹介状を見せてくれました」

「紹介状ですか？」

「はい。以前から社長は、社長のお母さんが胃ガンで亡くなったので、自分もガンになるかもしれないと心配して年に一度は検査を受けていたんです。俺もそれを知っていました。だから社長の嘘を本当だと思いこんだのです」

市原は辛そうにに目を伏せた。

「それでどうしたんですか？」

「社長は自分が死ぬのはしかたがないが、せっかく今まで頑張ってきたのに店が潰れるのは悔しいと……。俺に帰ってきて継いで欲しいと言うんです。もちろん俺は奥さんの気持ちもあるから断りました。そうしたら社長は、なるみでは店を続けていくだけの器量がない。あいつは俺が知らない間に店の金を使い込んでいた。だから俺が死んだら、間違いなく店は潰れると……。そうなったら俺は死ぬに死ねない。店を継ぐのが駄目なら、せめて金を残してやりたいから、自分を事故に見せかけて殺してくれないかと言うんです」

「社長がそう言ったんですね」

「はい」

（だから市原は最初に大間社長に頼まれて、彼を殺したと供述したのか……）

大間社長は、できないと突っぱねる市原に何度も頼むと頭を下げたという。

このまま苦しんで死んでいくのは嫌だ。それぐらいならば今すぐ楽にして欲しいと訴えた。

それでも市原は断ったらしいが、すると彼は礼金として三百万払うと言い出した。

大間社長は市原が妻の借金で追い詰められていることを知っていたようだ。

このままだと二人して借金で共倒れになるだろう。この金で借金を清算し、妻を自由にしてやれと言う。そのうえに仮に市原が殺人で逮捕されても、自分が頼んだのだからそれほど重い罪にはならないと彼を説得した。

おまえが決心さえしてくれればみんなが助かると、病気で苦しみたくない、と泣きながら言う大間社長を、市原は拒絶することができなかった。大間社長への思いもあったし、借金に追い詰められていた彼は金が欲しくもあった。

「……魔が差したんです」

市原はうなだれて言う。

「それで、あなたは引き受けた」

「……はい。でも、まさかそれが社長の嘘だなんて思いもしませんでした」

市原は哀しそうな顔で唇を噛みしめる。

「殺害当日のことを話してください」

「殺す方法とかはすべて社長が考えて、俺はあの日の夜の十時三十分頃に、車で店の前まで来るように言われたんです。俺は行こうか行くまいかさんざん悩んだのですが……」

店の前へ行くと大間社長は市原を待っていた。そこで彼は社長から金の入ったバッグを礼金だと渡された。そして自分は今から歩いてA銀行へ行くので、先回りしてA銀行へ行き、その近くで事故に見せかけてひき殺して欲しいと言われたらしい。

「それであなたはどうしたんですか？」

「金を受け取って社長と別れて、言われたとおり先回りしてA銀行へ行きました。A銀行の少し先の路上で車を停めて待っていると、十分ほどして社長が歩いてくるのが見ました。それで、俺は……車で」

市原は苦しそうに顔を覆う。

彼は大間社長に頼まれたとおり、そのまま車を発進させて轢いた。大間社長からは自分を殺した後はすぐに逃げろと言われていたが、どうしてもできなかった。

「社長を轢いた後、車を停めて様子を見に戻ったんです。そうしたら社長は道路の真ん中に倒れていました。名前を呼んでも動かなかった。それで俺は……怖くなって、夢中で車に戻りそのまま逃げました。俺が馬鹿だったんだ……」

「そのことを警察には話したんですね」

「はい」

だが、市原は警察で大間社長がガンなどではなかったと告げられた。彼は嘘だと信じなかったが、大間社長が先月受けたという健康診断の結果を見せられて、自分が大間社長に騙されていたことを知った。

事実を知った彼は、ショックを受け、なにもかもどうでも良くなったらしい。

そのために、その後の警察での取り調べも、警察の言い成りになったようだ。

最初に警察から送られてきた調書は、すべて警察指導で作られものだった。

「検事さん、俺は結婚したけど、社長を裏切ったつもりはこれっぽっちもありませんでした。だけど社長は、俺を人殺しにしたいほど憎んでいたんです。俺はあの人のためにと思って別れたのに、俺は間違っていたんでしょうか？」

市原は泣きながら俺に聞く。だが、俺は答えられなかった。

俺はそんな彼に朝吹と面会するように約束させて、その日の取り調べを終わらせたのだった。

もちろんすぐに部長に報告し、警察に市原の供述の裏付けを頼んだ。

部長はことを重く見て、俺にこの事件を徹底して調べるように命じた。当面、俺が担当していた他の事件は別の検事に廻して貰うことになったのだった。


その日の夜、俺は朝吹を事件現場へと呼び出した。

「デートをするならばもっと楽しいところがあるんですが」

なんて朝吹はふざけたことを言っていたが、俺が事件現場を確認したいと言うと付き合うと言ってきた。

「市原に会ったんだろう？」

「はい。彼からは弁護を断られました」

「え……？」

「自分はろくでもない男だから、愛奈に無理をさせてまで弁護してもらう価値はないと言うのです。それで手付け金を貰っているので、その分だけの仕事はさせて欲しいとお願いしてきました」

「そうか……」

「私としてはあなたと法廷で対決できなくなるのが残念なのですが」

そう言って朝吹はクスリと笑う。俺はそんな彼を苦笑して見返したのだった。

夜の十一時近くになると、事件現場はときおり車が通る程度で人通りは全くなかった。

以前はそれでも車の通りは多かったのだが、数年前に交通緩和のためにこの近くに大きな幹線道路ができ、そっちの方が便利がいいので、今はほとんどの車がそちらを利用していた。

そのために最終バスが出てしまうと、このあたりはひっそりとなった。A銀行の裏手には飲み屋などがあるというのに、ここはまるで別世界に迷い込んだような雰囲気だ。

(あそこがA銀行だろう)

昼間、一度来てはいたが、俺は事件時の状況を確認してみたいと思った。

その夜はいつになく風が強くて、月の綺麗な夜だった。

微かに裏手の方から人のざわめきが聞こえている他は、風がときおり商店のシャッターを叩く音しか聞こえない。寂しい夜だった。

「そういえばあの店……なんていったっけ？　ほら、大間社長が通っていた店」

「ナルキッソスですか？」

「そう、その店。生活安全課の手入れが入ったらしいな」

俺がそう言うと、朝吹はわざとらしく驚いた顔をする。

「君がチクったんだろう？」

「私がですか？　私は警察に協力するほど親切ではありません」

（どうだか……）

そのとき店にいた客たちも警察の事情聴取を受け、あの山岸という男は、ある大手商社の専務だったらしい。マスコミがさっそく飛びつき、面白おかしく騒ぎ立てていた。俺は少しだけ、彼に同情してしまった。

警察の調べでは、あの店のスタッフに大間社長のことを問いただしたところ、彼は何度かあの店に来たらしいが、自分から相手を探すわけでもなく、いつもホールでぼんやりしていたという。

客たちには「ここに来て誰かと遊んだら、恋人のことを忘れられるかもしれないと思ったが、やっぱり駄目だった」と言っていたらしい。

大間社長は市原を忘れられずに苦しんでいたに違いない。

「市原が車を停めていたというのはあのあたりで……」

俺が現場の状況を確認していると、朝吹が聞く。

「吉野さんは市原さんを信じるんですか？」

（君がそれを聞くか？）

と、俺は言いたかったが、あえて言わなかった。こんなところで言い合いをするのはごめんだ。

そんなことになったら何をしにきたのかわからなくなる。

「今、警察に裏付けを取って貰っている」

「でもあなたは嘘だとは思っていないんでしょう」

「だから、それを少しでもはっきりさせたいからここへ来たんだろうが」

俺は文句を言って道路を見回した。

「向こうから大間社長は来たから……と」

「ねえ、吉野さん」

「何だよ。邪魔をするなら帰れ」

「そんなに怒らなくてもいいでしょう。カルシウムが足りなくなると怒りっぽくなると言いますが、もしかして吉野さんもですか？　そういえば肌が荒れていますね。コラーゲンも採った方がいいですよ。なんでしたらいい補給方法がありますが」

（え……？）

わけがわからず朝吹を見返すと、彼は意味深な顔で笑っている。

（この野郎……ひょっとして下ネタを言うつもりか？）

男の精子には、コラーゲンが含まれているということを聞いたことがある。

「君なぁ、俺たちは、ここへなにしに来たかわかっているのか？」

「市原さんの供述を確認するためです」

「それなら馬鹿なことを言うな！」

「酷いなぁ、私は心配して言っているだけです。吉野さんの方こそなにを考えたのですか？」

だが、その目は楽しそうに笑っていた。

俺はさすがにむかついて、そんな彼を思いっきり睨み付けた。

「ふざけるな」

（こんな馬鹿にかまっていられるか！）

まったくもう少しまともな男だと思っていたのに、彼の豹変《ひょうへん》ぶりには呆れてしまう。

いったいどっちが地なのだろうと思うほどだ。

「市原の供述は具体的だし、あながち嘘を言っているとは思えないんだ」

あの後、市原は俺に殺害時の具体的な状況を俺に説明した。裏付けは取れてはいないから確証はないが、彼がでたらめを言っているとは思えなかった。

ただ彼が大間社長から見せられたという診断書は、どうやら大間社長の偽装くさい。

大間社長の掛かり付けだった医者に聞いたところ、事件が起きる四、五日前に、大間社長は自分も母親と同じようにガンになるかもしれないから一度検査をしたいので、ガンの専門医を紹介して欲しいと頼んだとらしい。だが医者は、先月の健康診断で大間社長にはどこも異常は見られなかったから心配することはないと断ったということだった。

そうなると大間社長の気持ちがわからない。

彼には自殺をするような動機は見あたらない。しいていえば市原にふられて死ぬ気になったのかもしれないが、それならば自殺をすればいいはずだ。なぜ、わざわざ惚れた相手に嘘までついて、自分を殺させたのか……？　疑問だった。

「仮に市原の供述が本当だとすると、大間社長はなぜ彼を騙してまで殺させたかったんだろう？」

俺が朝吹に聞くと、彼はいつになく真面目な顔で答えた。

「大間さんは、それだけ市原さんを愛していたのかもしれませんね」

「どういうことだ？」

「人というのはやっかいなものなんです。愛すれば愛するほど、愛が憎しみに変わることもあれば、憎しみが愛に変わることもあります」

「え……？」

「私だって、吉野さんに昨夜のことは覚えていないと言われたとき、どれだけむかついたかわかりません。全身全霊を込めて愛してあげたのに、覚えていないと言われたんですからね」

「それは！　あのなぁ……今は、俺たちのことはどうでもいいだろう」

俺が呆れて言うと、朝吹は不服そうな顔になる。

だが俺はそんな彼を無視して、薬局の前の駐車場へと行った。

「愛とはやっかいなものなんですよ」

俺にはわからない。朝吹はやけに悟ったような顔をして、俺の後からついてきた。

「きっと大間さんは市原さんに、自分のことを一生忘れて欲しくなかったのだと思います」

「え……？」

「自分が死ねば、ガンだという嘘はすべてばれて、彼はただの殺人者になる。そうすれば市原さんは死ぬまで大間さんのことを忘れないし、殺したことを後悔するでしょう。本当は彼は市原さんと一緒に死にたかったのかもしれません。だけど彼は、自分を裏切った市原さんに一生後悔させたかったんだと思います。狂愛とでも呼ぶべきでしょうか……」

「狂愛か……」

それは重い言葉だった。

駐車場の端の方にはこの前と同じように、クスリの商品名が書かれた旗が五本ほど立っていた。

今夜は風が強いせいか、土台のブロックを倒さんばかりに大きく揺れていた。

花束もそのままで、花はずいぶん枯れて見る影もなくなっていた。

（ここに大間社長は倒れていたんだよな……）

警察から送られてきた現場の写真を見ると、大間社長の遺体は頭を店の方に向けて、歩道と駐車場をまたぐようにして倒れていた。

彼は自分が愛した男に殺される瞬間、どんな気持ちだったのだろう？

（まてよ……？）

俺はそのとき、おかしなことに気がついた。

たしか市原は車で大間社長を轢いた後、一度車を降りて社長の様子を見にいったと言った。社長に声を掛けてみたが動かないので、怖くなってすぐに車に戻って逃げたと俺に供述した。

(市原は、大間社長は道路の真ん中に倒れていたと言ってなかったか?)

『社長を轢いた後、車を停めて様子を見に戻ったんです。そうしたら社長は道路の真ん中に倒れていました。名前を呼んでも動かなかった。それで俺は……』

「なぁ、死体は動かないよな?」

俺が聞くと、朝吹は何だという顔をする。

「動いたらゾンビです」

「……だよな」

俺は道路を見ながら考え込んだ。

(市原が勘違いをしているのだろうか?)

動揺して間違えて思いこんでいる場合もある。だが……。

大間社長は道路の真ん中で轢かれたものの、彼はまだ生きていて、ここまで自分で這ってきて駐車場の入り口で生き倒れたと考えられないこともない。

それでも市原は、大間社長が名前を呼んでも動かなかったと言っていた。

(となると……これは?)

もし市原の勘違いではないとすれば、事件は根底から覆《くつがえ》る可能性があった。

（もう一度、市原を立ち会わせて状況確認をさせよう）

俺はあらためてそう思ったのだった。

そのとき強い風がアスファルトのホコリを舞い上げて吹く。

駐車場の端に立っていた旗の一本が、その風をまともに受けて大きく揺れて、はずみでバタンと音を立てて倒れた。

「危ないですね」

「そうだな。人がいないからいいが、これが昼間だったら怪我をする」

旗を支えているコンクリートの土台は、見た目ほどしっかりしていないらしい。

「こんなに風が強いときは倒しておけばいいのに」

俺は誰もいない薬局に向かって文句を言いながら、倒れた旗の所へ行ってみた。

すると……。旗は土台と一緒に倒れている。

「あれ……？」

倒れた弾みで土台の裏側が見えていたが、そこには黒ずんだ染みのようなものがあった。

「なんだろう、これ？」

俺がそう言うと、朝吹も傍に来て土台の裏側を覗き込む。

「まるで血の跡のようですね」

（え……！）

彼は軽い冗談のつもりで言ったらしいのだが、それを聞いて俺はギョッとなった。言った本人もまさかという顔をする。

「吉野さん、この旗は事件が起きたときもここにあったんですか？」

「たしか現場写真に写っていた」

「それじゃ……？」

「……うん。とにかくすぐに鑑識を呼んで調べさせよう」

俺は自分の顔がこわばっていくのを感じていた。そしてすぐに警察に連絡を入れたのだった。


鑑識の結果、旗を支えていたコンクリートの土台に付いていた染みは、人の血で、亡くなった大間社長と同じ血液型だった。

あの旗は、事件が起きた日の昼間からあそこに置かれたものらしい。

警察は市原を伴って事件現場の再現を行い、彼は俺に言ったように大間社長は道路の真ん中に倒れていたと証言した。

詳しい科学判定ができなければ断定できないが、土台に付いていた血の染みは、間違いなく大間社長のものと見られる。

その結果、強盗殺人事件は意外な方へと進展した。

捜査に当たった捜査一課長は、汚名返上とばかりに、署員に命じて再調査の檄《げき》を飛ばした。

「やはり初動捜査のミスが今回の不手際を招いた原因だと思います」

朝吹はあれ以来、なにかと用を見つけては俺の執務室へとやってくる。

「そんなことは君に言われなくてもわかっている」

それも岩根さんがいない時を狙ったように来るからむかつく。

今日も閉庁時間になり、彼が帰った後をねらい澄ましたようにやってきた。

「そろそろ俺も帰りたいんだけど」

「それではご一緒に帰りましょう」

「天下の朝吹先生はお忙しいんじゃないのか？」

俺が嫌み半分に言っても、平気な顔だ。

「私には、あなたよりも優先すべきことは何一つありません」

(馬鹿か……)

俺は澄まして言い返す彼を呆れて見ていた。

「よかったらどこかで食事しませんか？　美味しい串揚げを食べさせてくれる店があるんですが？」

「油物はパス」

「それでは、蕎麦《そば》とかうどんはいかがです？」

「君はなにしにここへ来ているんだ？」

「あなたを口説《くど》きにきまっているじゃないですか」

当然だという顔でそう言う。俺は呆れてしまった。

「あ、そうだ。少し遠くなりますが、冷やし素麵を食べさせてくれるところがあるので、そこなんていかがですか？」

「あのなぁ、俺は忙しいんだ。君一人で行けよ」

「一人で食べてもつまらないではありませんか？」

「いいかげんに……」

と、喚き駆けたとき、デスクの上の電話が鳴った。

朝吹に喚くのをあきらめて電話に出ると、それは強盗殺人事件を捜査している捜査一課長からだった。

土台に付いていた染みが、亡くなった大間社長の血液と判明したという。

そのうえ、土台を調べたところ採取した指紋《しもん》の中に、事件の関係者と一致したものがあった。

「それでその人物は？　福井桂……え！」

それは事件の目撃者で第一発見者だった。彼は十代の頃に窃盗《せっとう》を犯しており、警察の指紋照合で判明したらしい。朝吹もそれを聞いて険しい顔で俺を見ている。

「念のために聞きますが、市原の指紋は出なかったんですね」

俺が聞くと、捜査一課長は出なかったと答えた。俺は市原が嘘の供述をしているとは思っていなかったが、検事として確認する必要があった。

捜査一課長は、さすがに土台の染みと大間社長の血液が一致したので、市原の供述を信じる気になったらしい。福井の周辺を徹底して調査すると言う。

「わかりました。では、なにかわかったら連絡をください」

俺はそう頼んで、電話を切ったのだった。

「あの土台から、事件の目撃者である福井桂の指紋が出たそうだ」

俺が朝吹に言うと、彼は難しい顔で腕組みして考えている。

「これは、どういうことなんだろう？」

「簡単なことです。市原さんは自分が大間さんを車で轢いたとき、彼は道路の真ん中に倒れていた。だけど、彼の遺体はそこから離れた駐車場の入り口にあった。そして、その近くに立っていた旗の土台には大間さんの血が付着している。おまけにそれには目撃者の指紋がついていた。そういうことです」

「だけどな……だけど」

俺が疑問を言おうとしたとき、そんな俺の言葉を遮るように朝吹が答える。

「福井桂、ホストクラブ『G』のホストで源氏名《げんじな》はケン。大間なるみは彼の常連客の一人です」

「大間なるみ……？　あの大間社長の奥さんが？」

「そうです。それも彼女はかなりケンに入れあげており、大間社長と離婚して慰謝料を貰ったら、彼に店を持たせてやるとまで言っていたようです」

「まさか……」

俺はそれを聞いて思わず唸っていた。

(夫の死をあんなに悲しんでいた人が……)

「まったく吉野さんは女性の涙にすぐに騙されるから」

「……悪かったな」

「誰だって表と裏の顔があります。世の中の人間がすべてあなたと同じだとは思わないでください」

「君に言われなくてもそれぐらいわかっている」

「どうですかね」

「さっさと帰れ！　俺は忙しいんだ」

「ずいぶんな言われようだなぁ。私は市原さんの弁護人ですよ」

「解任されたんじゃなかったのか？」

「費用は後日に分割で支払っていただくことにしましたので、そのまま続けることになりました」

「え？　後払いの分割？」

それを聞いて俺は驚いた。とても「弁護士の方が金になる」と、言い放った男の台詞とは思えなかった。

「……何を企んでいる？」

俺が怪しんで聞くと、彼はクスリと笑って答える。

「そもそも今回の事件は、警察の初動捜査ミスです。事件が起きたときにきちんと捜査さえしておけば、市原さんは強盗殺人の罪で逮捕されることはなかった。それを裁判で叩けば、名前を売る絶好の機会になります」

「名前なら、もう充分じゃないのか」

「とんでもありません。まだまだですよ。なんといっても弁護士は人気商売ですから」

「商売熱心だな」

「いずれ私は今の事務所を離れて、独立したいと思っているのです」

(そうか、朝吹らしいな……)

俺も朝吹のような男は、誰かの下で働くタイプではないと思っていた。

やはり彼は、独立して弁護士事務所を開くつもりだったらしい。

「それでどうです。私が弁護士事務所を立ち上げたら、吉野さんも来ませんか？」

「俺が？　俺は検事だ。君は俺に検事を辞めろというのか？」

「吉野さんならば、破格の待遇で受け入れますよ」

「冗談だろ」

「検事なんてあなたには似合わない」

「煩い。俺は好きで検事になったんだ。忙しいからさっさと帰れ！」

俺が喚くと、朝吹は仕方がないという顔をする。

「俺は、やめ検弁護士なんかになる気はないからな」

そりゃあ俺はオヤジたちみたいに出世したいとは思わないから、大規模検察庁のトップになろうなんて気もないし、東京地検の特捜部でバリバリ仕事をするつもりもなかった。

俺はただ、人情と法律との板挟みになりながらも、被疑者の犯した罪の重さを分かち合うことができたらいいと思っている。理想論かもしれないが、「罪を憎んで人を憎まず」の言葉通り、それができるような検事になりたいと思う。そうなるためには、少しずつ頑張って勉強していくしかない。

それでも朝吹は「本気で考えてください」とそう言い置いて帰っていった。

だが俺は。彼がなんと言おうとも検事を辞めるつもりはない。

その後警察から、朝吹が言ったとおり、大間社長の妻のなるみが福井桂の常連客の一人であったことがわかったと知らせがあった。

どうやら大間社長夫妻の仲は以前から冷え切っており、離婚話まで出ていたという。

だが、慰謝料の金額で揉めて、離婚には至っていなかったらしい。

俺は朝吹から指摘されたように、どうも女性の涙には弱いようだ。

（まいったなぁ……）

それで俺は警察に、事件当日の二人のアリバイを確認するように頼んだ。

大間社長を愛しながらも愛人という立場に苦しみ、別れを選んだ市原。そんな市原に裏切られたと思いこんでいた大間社長。そして大間社長と離婚したがっていた妻のなるみ。彼女から離婚したら店を持たせてやると言われていた福井。

それぞれの感情が混ざり合って、大間社長は本人が望んだように殺された。

だが、コンクリートの土台の裏に付いていた大間社長の血の跡が、真実を語っているような気がする。

市原が大間社長を車で轢いたとき、彼は社長は声を掛けても動かなかったと言ったが、本当はまだ生きていたのかもしれない。

そう考えるとすべてのつじつまが合う。偶然、現場に駆けつけて逃げていく市原の車を見た福井は、大間社長が事故に遭ったことに気がついた。

だが、社長はそのときはまだ生きていたのだ。それで彼は、咄嗟に近くにあったコンクリートの土台で彼の頭を殴って殺した。

そして土台を元の場所に戻し、何食わぬ顔で警察に知らせた。

（真犯人は福井かもしれない……）

そう思った俺は、大間社長の遺体を検死した監察医の資料等を持って、ある大学病院の解剖学の教授を訪ねたのだった。

その教授には何度も変死体の解剖でお世話になっており、「吉野さん、遺体は嘘をつかないんだよ」と言うのが、彼の持論だった。

それで教授に、できることなら大間社長の遺体を解剖して詳しく調べて貰うのが一番手っ取り早いのだが、すでに遺体は茶毘《だび》に付されておりどうすることもできない。

とにかく手元にある資料を見て貰って、なにか手がかりが摑めればと思ったのだ。

だが教授は、俺が持っていった資料を丁寧に見てはくれたものの、やはり解剖してみないと詳しいことはわからないと答えた。

ただ、遺体の破損状況に比べて、大間社長を轢いた市原の車の傷が小さいという。

市原の車は国産の軽自動車だった。教授は車に付いた傷を見て、この程度の傷ならば、頭部強打により人を死なせるのは難しいという見解だった。

もちろん100％できないわけではないと、付け加えることを忘れはしなかったが……。

だが、それを聞いた俺は、大間社長は市原の車に轢かれたときはまだ生きていたのではないかという確信を持った。

死体がゾンビではあるまいし、一人で動くわけがない。

そのうえその後の警察の調べで、事件が起きた少し後に、妻のなるみの車がオオマ商店から慌てて出て行くのをジョギング中の人が目撃していた。

警察はさっそく二人を個別に呼んで事情聴取をおこなった。

なるみの方は、事件直後に商店街の近くまで車で行ったことは認めたが、大間社長が心配になって見に行ったけど、夫の姿が見えないのでどこかですれ違ったのだろうと思って、途中で引き返したと言い張った。

福井の方は、自分は何もしていないの一点張りだった。二人の関係を問い詰めても、たんなる客とホストというだけで関係ないと答えた。

「あんなオバサンに俺が本気になるわけがないでしょう。客の一人ですよ。彼女より、もっと金持ちの客は沢山います」

刑事の取り調べに対しても平然としており、大間社長を殺したのは市原だとはっきりしているのに、どうしていまさら自分が調べられるのかと不服そうだった。

事件前後のことを聞いても、覚えていないの忘れたのと言ってのらりくらりとかわす。

コンクリートの土台に付いていた彼の指紋のことも、大間社長の事故を見たときに付いたのかもしれないと、ありえそうもないことを言う。

挙句に、警察は無実の人間を犯人にするのかと喚きだした。

捜査一課長は絶対に自白させてみせると意気込んでいたが、俺は事件時の状況をもっとはっきりさせるしかないと思った。

　そんなとき、朝吹がまたやってきた。

「君はよっぽど暇なんだな」

「将来、私の片腕になってくれそうな弁護士をスカウトするためですから」

「無駄だ。俺は検事を辞めるつもりはない」

「今はそうでも、そのうち気が変わるかもしれないでしょう」

「無いって言っているだろう」

「それでは、あなたを口説きにきたと言えばいいんですか？」

「どっちも断る」

「つれない人だなぁ。ところで、大間さんの事件はずいぶん手こずっているようですね」

「……まぁな。科捜研でコンクリートの土台を分析して貰っているところだ。あれが殺害に使われた凶器だと判明すれば有力な証拠になる」

「捜査一課長は自白に持ち込むと張り切っているみたいですが？」

「俺も九分九厘福井の犯行だと思うが、物的証拠をもっと揃えないと告発には踏み切れない」

　俺がそう答えると、朝吹は少し驚いたような顔になった。

「ずいぶん慎重なんですね」

「あたりまえだろう。今回は初動捜査でミスをしている。慎重になって当然じゃないか」

俺が言い返すと、朝吹はクスリと笑う。

（なんだよ……）

俺は小馬鹿にされたような気がしてムッとなった。

「司法修習生の頃は、あんなに犯罪者は絶対に許さないと力んでいたのに、ずいぶん変わったんだ」

「あのなぁ、俺だって検事の端くれだ。人が人を告発することがどれぐらい重いことかわかっている。正義感だけで突っ走れるほど簡単ではない」

「そうですか」

「そうだよ」

「それではいいことを教えましょうか？」

「なんだ……？」

「決め手となるかはわかりませんが、これが見つかれば確実な証拠になると思います」

「何を知っている？」

「知りたいですか？」

「それは……」

俺が口ごもると彼はクスリと笑って、もったいつけるような仕草で、掛けていた眼鏡を指の先で軽く押さえる。

「もちろんタダでは教えられません。警察にだけはけして協力するなというのが母の遺言ですから。遺言を破ることになります」

(なんだそれ……)

「吉野さんが検事を辞めると言ってくれるのが一番いいんですが、そんな高望みをしてもしかたがないから、食事で手を打ちましょう。どうです」

「まぁ、そうだな。食事ぐらいなら」

俺がそう答えると、彼はとたんに嬉しそうな顔で聞く。

「串揚げ屋にしますか？　それとも素麵？」

「……素麵がいい」

「では、約束ですよ。忘れたら百年たたりますからね」

「おい……」

「あの夜、福井さんは警察には、客を送って外に出て車がぶつかる音を聞いたと証言しているようですね」

「そうだ」

「同じ店のホスト仲間に聞いたのですが、彼はあまり評判のいい方ではないようです」

それは警察の調べでもわかっている。福井は見た目はまぁまぁ悪くなく、口も結構上手かったからそれなりに客は付いていたが、いいかげんでだらしないところがあった。そのうえ自己顕示《けんじ》欲が強い男で、人に指図されるのが嫌い、「俺がその気になれば、こんな店ぐらいすぐにもてる」と豪語していたらしい。

「彼はよく店を遅刻したり、途中で黙って早退したりしていたそうです。それで、あの夜もどうやら本当は店を途中で早退して、帰るつもりで事件現場へ行ったと思われます。タクシーでも呼ぼうと思ったんじゃないんですか。店の近くでタクシーを呼んだら、勝手に早退しようとしているのがばれかねませんからね」

「それで?」

「事件が起きる少し前に後輩のホストが、彼が店から客を送る振りをして出ていくのを見ているのですが、そのとき彼はスーツの上に客から貰ったという薄手のコートを着ていたそうなのです」

「コート……?」

「はい。イタリア製のブランド物で二十万以上はするコートらしいです。その後輩のホストの話では事件が起こった夜以来、彼がそのコートを着ているのを見たことがないと言っています。それまではいくらスプリングコートでも、コートなんか着たら暑いだけなのに、わざわざ店に着てきては『格好いいだろう』と、みんなに自慢げに見せびらかしていたそうなのですが」

俺はそれを聞いて、すぐに事件の夜、福井がコートを着ていたかどうか捜査一課長に電話をして確認してもらった。

返事はすぐに帰ってきた。

「通報を受けて駆けつけた警官は、福井は紫の派手なスーツを着ていたが、コートは見ていないと言っている」

「やはりそうですか。店を出るときには着ていたのに、事件現場ではコートを着ていなかったことになります。何処で脱いだんでしょう？」

朝吹は俺に向かって意味深に微笑む。俺は思わず唸った。

「もしかするとコートを脱いだのではなく、着ていられない事情が起きたとか考えられませんか？」

「着ていられない事情……？」

「そうです」

解剖学の教授は、市原が車で大間社長をひき殺したにしては、車の損傷があまりないのがおかしいと言っていた。だが大間社長は頭部打撲で死んでいる。

それも轢かれて最初に倒れた場所とは違うところで……そのうえ、現場近くにあったコンクリートの土台の下に付いた血痕。

「福井が大間社長をコンクリートの土台で殴ったとしたら……」

「返り血を浴びるはずですね」

「そうだ！　だからコートを脱いだ。でも、そのコートは……何処へ？」

警察が現場へ駆けつける前に処分したと考えられる。凶器となったコンクリートの土台は元の場所に置いておくとしても、コートを持っていたら気づかれてしまう。

「誰かに渡したと考えられませんか？」

「なるみ……か？」

妻のなるみと福井が共犯だとしたら……考えられることだった。

「彼女が福井からコートを受け取って持ち去った」

「そう考えるのが妥当でしょう」

「それじゃコートは……？」

「いくら市原が大間社長殺しの犯人として逮捕されたとはいえ、もう処分しているかもしれませんね」

「どうやって？」

血の付いたコートだ。ゴミに出すわけにはいかない。

(となると……？)

俺はオオマ商店の裏にあった焼却炉を思い出した。

そういえば、なるみから話を聞こうと尋ねたとき、従業員の女性がいらないダンボールを燃やそうかと言ったら、彼女は妙に慌てた様子だった。そして、焼却炉は使うなと言っていた。

「たしかオオマ商店の裏に焼却炉があったよな。ゴミを燃やす為の」

だった。


「ありましたね」

「もしかするとあそこで処分したのかもしれない。すぐに調べて貰おう」

俺は警察に連絡して、今すぐオオマ商店の焼却炉を調べてくれるように頼んだのだった。

その焼却炉から、福井のコートのものと思われる服の端切れが見付かったのはその翌日のことだった。


検査の結果、その端切れから、大間社長の血が検出され決め手となった。

妻のなるみはその事実を突きつけられ、自分が福井からコートを受け取って焼いたことを認めた。それでさすがに白を切っていた福井も観念し、大間社長殺しを自供したのだった。

あの夜、福井は勤めていたホストクラブを抜け出して家へ帰るためにタクシーを呼ぼうと、商店街の方へ歩いていった。商店街の通りに出る少し前で、なにかがぶつかる音を聞いて不審に思い通りまで行くと市原の車が走り去るところだった。

そこで彼は道路の真ん中に倒れている大間社長を見た。驚いた彼はすぐになるみに連絡し、彼女はすぐに車で駆けつけてきた。ところが大間社長が事故に遭い死んだと思い喜んでいたら、大間社長が呻き声を上げながら立ち上がり駐車場の近くまで這うようにしてきた。

それを見た二人は、咄嗟に大間社長を事故に見せかけて殺すことにしたらしい。

なるみは、大間社長が死ねば財産は自分の自由にできると思った。彼女は福井に貢ぐために、店の金を使い込んでいたのが、大間社長にばれて罵《ののし》られたばかりだった。死んでくれれば、彼にいろいろ煩く言われることもないし、福井に店を持たせてやることもできると思ったという。

福井の方はそれを聞いて、金に目がくらみ、なるみが金づるになると計算して手を貸すことにした。それで、駐車場の端にあった旗を土台から引き抜き、それで大間社長の頭を殴って殺害した。なるみは大間が死んだのを見ると、返り血のついた福井のコートを持って慌てて店に戻り、彼は何食わぬ顔で目撃者を装って警察に連絡した。

　こうして福井となるみは大間社長殺しで逮捕され、市原の方は強盗殺人から委託殺人未遂へと罪状が変わったのだった。


大間社長の事件の真実がはっきりした後、俺は朝吹との約束通り彼と食事をした。

彼が連れて行ってくれた店は素麺懐石だった。その店は素麺がメインで、懐石風のメニューが並び、竹の筒に入った冷やし素麺はとても冷たくて美味しかった。

ところが食事が終わった後、朝吹はなにを思ったのか海を見に行こうと誘ってきた。

俺はそれで彼に誘われるまま、夜のドライブへと行ったのだった。

高速道路を一時間ほど走らせると、海岸が見えてきた。

ジャガーの乗り心地は最高だったが、俺はしだいに口数が少なくなっていた。

そんな俺に対して、彼はやけに陽気でたわいもない話を一人でしゃべり続ける。

俺に気を遣っているのがみえみえだったが、俺は面倒くさくて無視していた。

ようやく海岸に着いたときは、夜中近くになっていた。

その夜は満月で明々と夜の海を照らし出していた。無数に輝く夜空の星たちは、キラキラと輝いて目にしみるほど美しく、手を伸ばせば届きそうなほど近くに見えた。

車から一歩外へ出ると潮風が気持ちよかった。

男が二人、それも何処からどう見ても仕事帰りにしか見えないスーツ姿で夜中に海を見ている。誰かに見られたらおかしな二人連れだと思われるかもしれない。

それでも思いっきり深呼吸をして、海の匂いを身体中で感じると、不思議と落ち着いた気分になれた。夜の海は雄大で、優しさに満ちていた。

朝吹は以前にここへきたことがあるらしく、この近くに自然にできた洞窟《どうくつ》があるから見に行こうと言う。それで俺は彼に誘われるまま、付いていったのだった。

海岸のゴツゴツした岩を少し上ったところに入り口があり、入り口こそ狭かったが洞窟の中は結構広かった。

中に入ると、何処からか月の光が差し込んでいて結構明るい。

「転ばないように気をつけてください」

朝吹は慣れた様子で、足元の危ない俺の手を引いてくれる。

「綺麗なところだな」

「子供の頃はよくここに来たんですよ」

「君は出身がこっちだったっけ？」

「いいえ。生まれは東京ですが、母の実家がこの近くにあったのでここで育ったんです」

「へぇー、そうか……」

洞窟の中心付近には、まるでなにかで磨かれたように、広くて平らな大きな石があった。それは一段高くなっており、大昔にはここで奉納の舞でも舞ったのではないかと思われるほどだ。俺たちは二人してそこに腰掛けた。

「静かだな」

「そうですね。ここにくると気持ちが落ち着きます」

「わかるような気がする」

月の光が洞窟の天井から差し込んで、まるで照明のように内部を照らし出していた。洞窟自体はそれほど大きな物ではなかったが、幻想的な雰囲気があった。

「吉野さんにずっとここを見せたいと思っていたんです」

「俺に……？」

「はい」

朝吹は照れくさそうに笑う。そんな彼に俺は聞きたいことがあった。

「なぁ、一つだけ聞いていいか？」

「あなたを本気で愛しているのかどうかは、もう何回も答えたと思いますが」

「俺が聞きたいのはそんなことじゃない」

ムッとなって言い返すと、彼は苦笑して「やれやれ」と呟く。

「君の……その、お父さんのことだけど」

ところが朝吹は、俺が彼の父親のことを口にしたとたんに、それまでとは別人のように険しい顔になり押し黙った。

昨日、オヤジがいつものように「どうしている？　仕事は順調か？」と心配して電話をしてきた。オヤジはなにかの雑誌で、新進の弁護士として紹介されていた朝吹の記事を読んだらしい。やけに感心しながら言うので、俺が彼と司法研修所で同期だったことを話すと、彼の父親のことを話してくれた。オヤジは朝吹が立派に成長して、弁護士として活躍していることが嬉しかったらしい。

「君は俺に『弁護士の方が金になる』と言ったよな」

「そうです」

朝吹はそれがどうしたという顔だ。

オヤジから聞いた話では、朝吹の父親はある強盗事件の犯人として逮捕され、取り調べで自白をし有罪の判決が出た。

だがその直後に「自分は何もしていない」と遺書を残して自殺をしていた。

その数年後に、別の強盗事件で逮捕された男が、自分が犯人だと告白したのだ。

彼の父親は無実で、自白は警察の強引な取り調べによるものだとわかった。

俺のオヤジは、その冤罪事件が明るみになったとき、担当検事ではなかったが、同じ地方検察庁にいたので朝吹のことを覚えていたという。

俺はそれを聞いたとき、朝吹という男がわかったような気がした。

彼がなぜあんなに「いい人」の振りをしていたのかも。そして俺にだけは本当の自分を見せた理由も……。

「君はお父さんのような人を出さないために、弁護士になったんじゃなかったのか？」

「私がですか？　冗談でしょう。私がそんな浪花節のような古い人間に見えますか？」

「いいや」

「当然です。私は金になるから弁護士になったのです」

「そうか」

「そうですとも」

朝吹はキッパリと答える。だが、月明かりに照らし出された彼の横顔は、とても辛そうだった。

彼は言葉とは裏腹に、厳しい顔である一点をジッと見つめている。そんな彼が俺にはとても無理をしているように思えた。

だから彼は、警察の取り調べに対してあんなに批判的だったのだ。

「たしかに君の言うとおり、今の警察は閉鎖的だ。自白を強要しかねない。俺たち検察が警察をチェックすべきだと思っている」

「できないことを言わないでください。今の検察にはそんな余裕はない。そうでしょう」

「朝吹……」

「日本の司法制度の不備は、もう何年も前から言われていることです。それでも少しも改善されない。ほとんどの者が不当に逮捕されても、警察官の取り調べに根負けし、犯してもいない罪を自白してしまう。警察官は、どうかすると物的証拠の鑑定結果さえ歪めて、あらゆる手を使って自白を強要する。それが冤罪を生み出しているのです」

「それはわかっている」

「いいえ、吉野さんはわかっていません。冤罪を受けた者がどれだけ苦しむか……。本人も家族も、一生重い十字架を背負わされてしまうのです。ある日突然、幸せだった家庭が壊れてしまう。父は逮捕され、母はショックで病気になり、昨日までは一緒に遊んでいた友達が、今日になったら知らない振りをする。あの日からというのもの、息を殺して、周りに蔑まれながら、世間から隠れるようにして生きるしかなかった。そんな生活があなたにわかりますか？」

　朝吹はまるで他人事のように淡々と話す。

　だが、それが余計に彼の苦しみを物語っているように思えた。

　俺はたまらなくなり、そんな彼をそっと背中から抱き締めた。すると彼は呆れたように言う。

「ほら、あなたは、そうやってすぐに同情する。だから検事になんか向いていないというのです」

「煩い。同情して何が悪い。人間だから、同情するのはあたりまえだろう」

俺は言い返して彼を強く抱き締めた。

俺は朝吹のことを、もっとドライで冷淡な男だと勘違いしていた。

そんな自分が恥ずかしい。

(俺はこの男の何処を見ていたのだろう?)

「冤罪を防ぐには、代用監獄《かんごく》制度を改め、複数による証拠鑑定をして、もっと裁判官や検事の数を増やすべきなのです。それができないならば、せめて警察での閉鎖的な取り調べを少しでも無くすために、取り調べを録画し、法廷においてそれを開示すべきです。ですが、今の司法制度ではできません」

「朝吹……」

「わが国は外国に比べて遅れすぎている」

そう呟いた彼は、まるで泣いているかのようだった。

「今は無理でも、いつかは必ずそうなる」

だから俺は思わずそう言っていた。すると彼は、いきなり俺の腕を振りほどいて向き直る。

「いつかって、いつですか?　いいかげんなことを言わないでください!」

「それは……」

　俺が思わず口ごもると、彼はそんな俺を見てとたんに困ったような顔でぼやく。

「全く駄目だなぁ……。あなたといると自分を見失いそうになります」

「朝吹……」

「私はここで、海を眺めながら思ったものです。ここで死んだら、誰も私のことを知らない異国へ流れていけるかもしれないと……」

（え……）

　彼がどんな子供時代を過ごしたのか俺は知らない。だけど言葉では強がりながらも、悲しみを押し殺したような彼を見ていると、どんな子供時代だったか想像するのは容易かった。

「そんな哀しいことを言うなよ。朝吹庸介は、六法全書が服を着て歩いているような男だったろう」

「吉野さん……」

「司法制度を変えることは性急にはできない。だけど、俺たち一人一人がその思いを持っていればいつかは変わっていくと思う。違うか？」

　もうすぐ裁判員制度も始まる。司法は少しずつ変わってきている。

「とにかく今回はお礼を言わせてくれよ。君のおかげで市原を強盗殺人罪で起訴せずにすんだ。俺はとんでもない過ちを犯すところだった。ありがとう」

「そんなに早く私にお礼を言って良いんですか？　私は市原さんの弁護人なんですよ。公判ではあなたと対立することになります」

「ああ、わかっている。全力を尽くして戦うだけだ。君に負けるつもりはない」

「強気ですね」

「当然だろ。天下の朝吹庸介を相手にするんだ。相手にとって不足はない」

彼は俺がそう言うと、少し残念そうな顔になった。

「私は公判で相手をして貰うよりも、もっと別のところで相手をして欲しいのですが」

（え……？）

わけがわからずポカーンとなった俺に、朝吹は意味深に微笑んで見せる。その顔はやけに艶《つや》っぽかった。

「こ、このお～！」

人がせっかく見直したというのに、やはり彼は一筋縄ではいかない男だった。

朝吹は俺をグイッと自分の方へ引き寄せた。

「おい、こら！」

俺は焦って押しやろうとしたが、そのまま抱き締められてしまった。

いくら夜中の海岸で、誰も来ない洞窟とはいえ、やっていいことと悪いことがある。

「朝吹、離せ！」

「嫌です。吉野さんが私のことを好きだと言うまで離しません。いいかげん認めなさい。あなたは私が好きなんだ」

「勝手に決めるな！」

俺が怒っても彼は無視し、それどころかそのまま俺を石の上に押し倒してきた。

「よせ！　やめろ！　この馬鹿……！」

「少し背中が痛いかもしれませんが」

「重い！　どけよ！」

俺は嫌がって足をばたつかせたが、彼に力で押し切られた。

そして俺を押さえつけたままで、真上から俺の顔を覗き込む。

月明かりが彼の影を映し出す。今、彼がどんな顔をしているのか残念ながら見えなかった。

「あなたが欲しい。あなた以外は誰も欲しくない」

朝吹は俺の耳元にそっと囁く。その声はたまらないほど官能的だった。

そんな男の声に、俺は自分の身体が熱くなるのを感じていた。

月の光が薄暗い洞窟の中を照らし出す。俺でなければ駄目だという男の顔が浮かび上がる。

その目は吸い込まれそうなほど綺麗だった。

(俺が好きなら、ちゃんと段階を踏め！)

そう言おうとしてふと思った。今さら、それを言ってどうなる。なにしろ俺たちは男同士だ。

根本から世の中の常識を外している。それなのに、普通の恋愛の定義に合わせるなんて無理だ。

(そうだよな……)

俺はそれに気づくとなんだか馬鹿馬鹿しくなってきた。

「やっぱり駄目ですか？」

遠慮がちに彼は聞いた。俺はそんな朝吹に「そうじゃない」と言葉で告げる代わりに、静かに髪を振って否定したのだった。

俺は、愛にはいろいろな形があると思う。

激しい愛。慈しむような愛。苦しい愛。哀しい愛。そして……狂うような愛。

俺はそのすべてを受け入れる決心をしていた。

明日のことはわからない。ただ、今は彼に求められ、俺も彼を求める。

「俺も君が……す、き、だ」

言葉の重みを噛みしめながら彼に告げる。

すると彼はとたんに嬉しそうな顔になった。

「やっと言ってくれましたね」

「ああ、俺は朝吹庸介を愛している」

「吉野さん……！」

朝吹は俺をギュッと抱き締めた。そして俺の耳元にそっと囁いた。

「私は生きていてよかった……」

（朝吹……）

そして彼は俺の唇にそっと唇を重ねた。

どうやら彼は俺と約束したとおり、禁煙をしたらしい。唇を重ねてもタバコの匂いはしなかった。司法研修所時代からかなりのヘビースモーカーだったのだが、こんなささいな俺との約束を守ってくれたことがうれしかった。

（意外と可愛いところがあるじゃないか……。こういう場合は、やっぱり俺が目をつぶるんだろうか……）

俺はキスをしながら、そんな馬鹿なことで悩んでいた。

彼はすぐに舌を差し込んできて、俺の口の中を荒々しく貪り出してきた。

「あ……！」

官能的なキスに俺は夢中で彼にしがみついた。

朝吹は悔しいほどキスが上手かった。息が上がり、逃げようとすると舌を絡めて俺の舌ごと吸い上げる。口の中は彼のものか俺のものかわからない唾液で一杯になって、少しずつ外へと漏れていく。

「あ……っ！　う……はぁ……！」

頭はしだいにボーッとなって、俺はひたすら彼のキスに酔わされていた。

そして我に返ったとき、俺は全裸で石の上に寝かされていた。

朝吹も裸で俺の傍にそっと身体を横たえた。

「寒くないですか？」

「いいや」

波の音が微かに聞こえ、洞窟から見える夜空は眩いほどに星が輝いていた。

汐の匂いが洞窟中に充満し、俺たちを包み込んでいく。

俺たちは自然に包まれて、愛し合った。

朝吹は俺の身体をそっと指で撫で始める。

彼の指は細くて長く、それでいて力強かった。

その指がまるで踊るように俺の身体の上を撫でていく。

彼にふれられるたびに、くすぐったいようなヒリヒリするような不思議な感覚だった。

身体はいつしか火照りだし、素直に彼を求め始めた。

俺はたった二回、彼に抱かれただけだというのに、彼をしっかり覚えていた。

そっと腕を回して彼の首に縋り付くと、胸と胸が重なって乳首が擦れてヒリヒリと痛かった。

それでもかまわずに俺は彼にさらに強く抱きついた。

彼の髪の匂いが俺の鼻をくすぐり、絡み合った足が艶めかしく動いている。

「はぁ……！」

自然と甘えたような吐息が漏れ、自分のそんなあさましさが少し恥ずかしい。

朝吹はそんな俺を優しく愛撫していく。与えることをしらない俺は、彼のなすがままになっていた。だがそのうち俺も彼にふれたくなった。

彼に抱きついたまま、体位を入れ替え、俺が上になり彼を逆に岩の上に押しつける。

そして彼の髪を手で撫でながら、彼の顔中にキスをした。

「意外と積極的なんですね」

「煩い……」

言い返してさらにキスをする。彼は楽しそうに俺を見ている。

身体の触れあっている部分は擦れて、熱を持ったように熱くなっていた。

いつしか俺は彼の腹の上にまたがって、積極的に彼を愛撫していた。

朝吹はそんな俺の尻を両手でもむように触る。俺たちの荒い息が洞窟の中に充満していく。

お互いの身体からは汗が噴きだし、俺の身体は燃えるように熱くなっていた。

両手で彼の広い逞しい胸を撫で、俺は感嘆の声をあげた。

彼の筋肉は引き締まって張りがあり、盛り上がった部分は鋼のように堅かった。

この胸に抱かれて俺は二度も喘いだのだ。指でその逞しさを味わいながら、俺はいつしか自ら尻を振っていた。そんな俺はさぞあさましく見えただろう。

だが、俺はそのとき身体の芯が疼きだして、張りつめてきた前がやるせなくなっていたのだ。

それでつい身体を揺らしていた。

朝吹は尻を触っていた片方の手で俺のそれをそっと握りしめる。

「もう……こんなになっています」

「君だって同じだ……」

彼の高ぶりを俺は感じていた。

「嘗めてあげましょうか？」

「それは……」

迷いながら、自分が意外と冷静なのがおかしかった。だけどそれは冷静のふりをしていただけでしかない。俺を見る朝吹の目は燃えるように熱く、その瞳は妖艶に輝き、俺を食らいつくさんばかりに輝いていた。少しでも気を許せば、頭から呑み込まれそうで怖かった。彼の激しい思いに流されそうな気がする。

「俺もしてやろうか？」

「いいんですか？　ではこうしましょう」

そう言うと彼は、俺を降ろして逆向きの姿勢で横に寝かせる。

「あ…やぁ」

俺は恥ずかしくて思わず嫌がったが、彼が望むのならと許した。

そして彼の張りつめているそれをそっと手で握りしめた。すると彼も俺のものを躊躇うことなく銜える。

「あ……！」

生暖かい口内に包まれ、俺は思わず喘いだ。それで、慌てて俺も握りしめた物を口に含む。

彼の楔は大きくて、俺の口の中でさらに張りつめる。だから俺はそれを全部銜えることはできなかった。朝吹の堅い産毛が俺の鼻をくすぐり、彼の雄の匂いが俺を惑わせる。

そっと舌を這わせると、それはビクッと震えた。朝吹は俺のものを舌と唇でゆっくりと愛撫し始める。俺もそんな彼に遅れないように嘗めだした。

洞窟の中に俺たちの嘗める音が流れていく。俺はときおり息苦しくなって何度か頬張っていたそれを出してはまた嘗めた。彼の楔の先端はみるみる大きくなり、すぐに蜜がダラダラと漏れ出してきた。亀の首のように大きなそれは、これでもかというほどに張りつめ出す。裏の血管はぷくっと膨らんでその存在を強めていく。俺のちゃちな愛撫に彼が感じていることが嬉しかった。

彼に銜えられているものを強く吸い上げられたとき、俺は思わず甲高い声を上げて仰け反った。

「あ！」

その瞬間、俺は彼の口の中にあっけなく果てていた。そして彼も同時に勢いよく放ったのだ。

俺が銜えていたのを離していたので、彼の飛沫がまともに顔に掛かってしまった。

朝吹はそれを見て、慌てて身体を起こすと、脱ぎ捨てていた自分の上着で急いで俺の顔を拭く。

俺は一瞬何が起きたのかわからずに呆然となっていた。

「目は大丈夫ですか！」

「あ……あぁ、大丈夫だ。それより、それブランドのスーツだろう。そんなので拭いたら服が汚れる」

「かまいません。それより、本当に目には入っていませんね」

朝吹は心配げな顔だ。だが俺は今、何が起こったのかまだ把握しかねていた。

すると彼は俺の顔に付いた彼の物を自分のスーツで拭き取ると、嬉しそうにギュッと抱き締めてきた。

「こら……痛い」

「あ、すみません。なんだか嬉しくて。吉野さんにこんなことまでして貰えるなんて思わなかったものですから」

(馬鹿か……)

俺は苦笑してそんな彼の肩口にそっと顔を押しつけたのだった。

岩はベッド代わりにするには少々硬かったが、ヒンヤリとした冷たさが火照った身体には気持ちよかった。

俺をそこに横向きに寝かせて、彼はそっとそこに自分の楔を押しあてる。

「車まで戻ればダッシュボードの中に、ローションが入っていたと思うのですが」

そんなふざけたことを言いながらゆっくりと突き入れてきた。

「あ……！　うっ！」

先端の大きな部分を呑み込むのは、何度身体を合わせても容易なことではなかった。引き裂くような痛みが俺の全身を貫き、俺は苦痛に顔を歪ませた。

すると朝吹は、そんな俺を心配したのかやはりやめようという。

俺は、自分だって辛いはずなのに、俺の身体を心配してそう言う彼がなぜか可愛く思えた。

それで、鼻先がズルリと引き出される感覚に、思わずそれをさせまいと締め付けていた。

「いいから！　早く……！」

「でも、吉野さん」

「いいって言っているだろ。あ……出すなって！　うっ……！」

身体をくねらせて嫌だと喚くと、彼は仕方がないという顔になる。

「すぐにすませますから、もう少し我慢してください」

「馬鹿……俺を気持ちよくしてくれるんじゃないのか！」

喚き返して肩で大きく息を吐く。そのたびに中に受け入れている物がグンと膨らむ。

俺の中でたしかな存在を誇っている。彼が俺の中にいるのだ。

受け入れているそこは襞がますます圧迫され、疼くような痛みがそこから突きあがっている。

それでもなぜか俺は嫌だとは思わなかった。欲望が俺の感覚を麻痺させ、疼くような快感が俺を呑み込んでいく。彼が汗を飛ばしながら、俺の中に突き入れるたびに俺はあられもない声を上げて喘ぎ続けていた。

「あ……！　うっ！　はぁ……！　あぁ……！」

俺の身体は痛みの後にくる快感を覚えていたのだ。俺はいつしかボロボロと涙をこぼしていた。きっと酷い顔になっていたに違いない。それでも先端の大きな部分を呑み込んでしまうと、ようやく痛みは少しずつ鈍くなり、俺の身体は快感を追いかけ出す。

朝吹は荒々しく腰を使って俺を攻め立てながら、俺の萎えたものを片手で何度も扱いた。痛みに呻くと、そこを扱かれ、腰が砕けそうになり喘ぐ。俺は彼に翻弄され続け、彼の下で淫らに身体をくねらせ続けた。

朝吹はようやく俺の中にすべてを受け入れさせると、ホッとした顔で嬉しそうに微笑む。俺は涙と汗でグチャグチャになりながら、そんな彼の幸せそうな顔を見て無性に愛しかった。彼が俺の中で熱く息づいている。

「凄く綺麗だ」

朝吹はそんな俺を見て言う。その声は官能的で、俺をさらに煽った。

彼のベルベットボイスは卑怯だと思う。俺をおかしくさせてしまう。

「できることならこのままずっとこうしていたい」

「……俺も。おまえと……」

恥ずかしいのを我慢してそう言うと、彼は繋がったままでいきなりギュッと俺を抱き締めた。

「朝吹！」

「あ、すみません。そんな可愛いことをいわないでください。歯止めが利かなくなりそうです」

彼は苦笑してそう言うと、そっと俺を離す。

「あなたを誰にも渡したくない」

「朝吹……」

彼はジッと俺を見ている。その目はみるみるうちに涙が溢れてきた。

だから俺はもう一度彼に囁いた。

「……愛している」

「私も愛しています。何があってもあなたを離さない」

朝吹はまるで宣言するようにキッパリと言う。そんな彼は今までで一番格好良かった。

俺も無言で頷く。すると彼は少しはにかむようにして囁く。

「もう一度一緒に……」

その声は俺の悲鳴でかき消された。

そして、俺はいつしか彼が与えてくれる快感に酔いだしていた。痛みに呻くと、彼は一気に突き入れていた自分の堅い楔を引き抜き、俺がそれを出すまいと締め付けるとギリギリのところでとめる。

そして俺がホッとして息を吐いたら、今度は力任せに勢いよく突き入れる。それを何度となく繰り返され、襞は堅い楔に擦られ、ますます燃え上がり、俺をおかしくさせていった。

「やぁ！　あぁ……っ！　もう……いや……だぁ！」

どんなに言っても彼はやめようとはしない。俺は彼の狂気にも似た欲望に呑み込まれ、ひたすら喘ぎ続けていた。そして朝吹が洞窟中に響き渡るほど大きな声で叫んだとき、彼は一気に俺の中で駆け上り、俺も少し遅れて絶頂を迎えていたのだった。

好きな人と抱き合うのはそれほど嫌なことではない。むしろとても幸せなことだ。

俺は朝吹からそれを教えられたのだった。


それからしばらくして市原の初公判が開かれた。

朝吹は見事な弁論で、市原の自白に至った経過を説明し、現在の司法制度の不備がいかに冤罪事件を招いているかを力説した。

その姿はじつに凛々《りり》しくて、格好良かった。

俺は検事として彼の追求の矢面に立たされるという、少々割の合わない役回りだったが、彼の気持ちがわかっているだけにあえて彼の大げさなパフォーマンスに付き合った。

それに彼が確固たる信念を持っているように、俺にも検事としての意地がある。

今度の市原の事件を教訓として、少しでも今の警察の姿勢を変えていくことができればいいと思う。

初公判が始まる少し前、市原は妻の愛奈にすべて本当のことを話し、二人は協議離婚していた。愛奈の方はまだ未練があったようだが、市原は自分が愛しているのは大間社長で彼以外の誰も愛することはできない。だから彼女のことを本当に愛してくれる人と幸せになって欲しいと言ったという。それで彼女も、これからの人生を亡くなった大間社長の供養をしたいと言う市原の気持ちを汲んで別れることにしたらしい。

これからは、お互いにいい友人として助け合って生きていくということだった。

俺はそれを聞いて、なんだか嬉しかった。

朝吹は愛奈のために、消費者金融対策の専門である弁護士を紹介したらしい。

どうやら彼女の借金は、きちんと清算をするとかなり少なくなりそうだと言うことだった。

彼女はきっと立ち直って本当の幸せを摑んでくれるだろう。

法廷での市原はとても穏やかないい顔をしていた。被告人に情を感じるのは検事としてはどうかと思うが、そんな彼を見て俺はよかったと思う。

それなのに朝吹ときたらろくなことは言わない。

「市原さんの気持ちはわかりますが、大間社長は亡くなったんですよ」

「なにが言いたいんだ？」

「彼はまだ若いから、これからいくらでも恋をするチャンスがあるということです。もったいないではありませんか？」

「君は本当に俗物だな」

　俺が呆れてそう言うと、朝吹は当然だという顔をする。

「一般論を言っているまでです」

「ああ、そうか。ご立派な弁護士様は言うことが違うな」

「それより吉野さん、検事を辞めて私と一緒に弁護士事務所を開くという話ですが」

「断る。俺が死んだら新しい恋人をさっさと作りかねない男なんか信用できない」

「吉野さん、私はそんな浮気な男ではありません」

「どうだかな」

「仮にですよ。もし仮に吉野さんが死んだら、私も後を追います」

「迷惑だ」

「そんな……」

　俺が即答で拒絶をすると、彼は心底弱ったという顔になった。

　俺はそんな彼がなんだかおかしかった。

「とにかく俺はまだ検事として結果を出していない。結果も出さずに、中途半端のままで検事を辞めるのは嫌だ。だから俺は検事を辞めるつもりはない」

「あなたと私だったら最高のパートナーになれると思うのですが」

朝吹は俺がキッパリ断ってもまだ不服そうだ。

「それに俺は、被告人に自分が犯した罪と向き合わせて、きちんと罪を償《つぐな》わせることが本人のためだと思う。罪を軽くして助けても、本当に助けることにはならない」

「それはケースバイケースです。一概にはいえません」

「たしかにそうかもしれないが、俺は人間の良心を信じている」

「だからあなたは甘いというのです」

「なんだと……」

俺がむかついて睨み付けると、彼はクスリと笑って言う。

「私はそんなあなたが大好きなんですが」

(馬鹿……)

ストレートに言われて、俺は思わず赤面していた。

検事としてはまだまだ半人前だが、俺はやはりこの仕事が好きだ。自分が他人を糾弾《きゅうだん》できるような立派な人間でないことはよくわかっている。

だからこれからも何度も悩み苦しむことになるに違いない。

それでも俺は頑張ろうと思う。

俺はようやくオヤジたちへのつまらない対抗心から解き放たれたような気がしていた。

「まぁ、いいでしょう。あなたがその気になるまで何度でも口説きますから」

「勝手にしろ。俺は、何度誘われても検事を辞めるつもりはない。プライベートと仕事はきちんとわけるつもりだからな」

「しかたがありませんね。これでも気が長い方ですので気長に待ちます」

「そういえば、来週の火曜日は二回目の公判だったな」

「ああ、例の馬鹿息子の傷害事件ですね」

「おい、そんなことを言って良いのか？　君はその『馬鹿息子』の弁護人だろう」

「本当のことではありませんか。車を追い越されたぐらいで、カッとなって追いかけていきバットで殴るなんて、ただの馬鹿です」

朝吹は平然とそう言う。

「断っておくが、過失傷害罪なんかにはさせないからな」

「強気ですね」

「あたりまえだ。実刑を喰らった方が本人のためだ」

「私はいくら相手が吉野さんでも、依頼料分の仕事はきちんとするつもりですから覚悟しておいてください」

「楽しみにしているよ」

俺がそう答えると、朝吹は不敵な笑みを浮かべて俺を見る。

そして何をしたかというと、いきなり俺をひきよせて素早くキスをした。

「朝吹！」

俺は真赤になって怒った。すると彼はさっと俺から離れる。

「では、法廷でまた会いましょう」

（この馬鹿が……！）

「そうだな」

俺はそんな彼を真っ直ぐに見返して、力強く頷いたのだった。

end

あとがき

こんにちは、宮川《みやがわ》ゆうこです。この本を手に取っていただいてありがとうございます。

「面白かった。楽しかった」と思っていただけたら幸せです。


以前は、濡れ場の体位で悩んでいたのですが、それが最近は（楽しければなんでもいいじゃない）と開き直りまして、そのせいか今回は二回もアオカンをさせてしまいました。本当にアホですね。でも、サドっ気はあまりないんですよ。あそこにとんでもない物を入れるとか、そんな極悪な趣味はないつもりです。もちろんローターとかバイブレーターとかはOKですけど……って、私は後書きでなにを言っているんでしょうね。ようするに濡れ場が好きだと、それがすべてです。これからも楽しくて幸せになるような濡れ場を沢山書いていきたいと思っています。

たまにやり過ぎでストップが掛かり、濡れ場を削られることがあります。それがもう、残念で残念で……。そんなことよりも、もっと他に頑張らなければいけないことがたくさんあるのはわかっていますが、今の目標は一冊まるまる濡れ場で出せることです。根性を入れて頑張ります。

では、少し真面目な話を、某社のことではご心配をお掛けしました。正直申しまして、あまりにも突然のことでしたので気持ちの整理がなかなかつきません。ですが、今は、ただ、お世話になった某社の関係者の方々に、この場を借りてお礼をいわせてください。本当にありがとうございました。

それともう一つ、四月末で私のホームページを閉鎖させていただきました。今まで沢山の方々にお越しいただきありがとうございました。また、いつか復活できればいいなぁ……と、思っています。今は、私に何ができるのか、何をすべきなのか、それをゆっくり考えていくつもりです。ありがとうございました。


イラストをつけていただいた高階佑《たかしなゆう》先生、お忙しい中、本当にありがとうございました。物書きにとって幸せなことは、自分の頭の中で考えた人物が絵になることです。私は「メガネ、スーツ、リーマン」萌えなものですから、スーツ姿の二人は最高に素敵で、年を忘れてみっともないほどに感激してしまいました。格好良くて素敵な二人を描いていただきありがとうございました。重ねてお礼を申し上げます。

担当様には、いつものことながらご迷惑をお掛けしましました。学習能力のない物書きで申し訳ありません。毎回毎回同じことを言っていますが、精進します。

最後に、このお話を読んでいただいてありがとうございました。楽しんでいただけたら幸せです。

宮川ゆうこ

既刊案内

アルルノベルス
好評発売中！

彼に抱かれて、妖艶の炎が燃え上がる——

艶やかな情欲

宮川ゆうこ
Yuuko Miyagawa

ILLUSTRATION
石丸博子
Hiroko Ishimaru

労働基準監督官の慎矢は、事件を調査するうち、デートクラブで売りをする羽目に!!　初めて取らされた客は、『伝説のホスト』といわれた怜悧な美貌の危険な男。だが、その男はエリート上司・石坂だった!?　石坂は捜査に協力するどころか、慎矢の専属の客となる。毎晩、獣のように全てを奪い尽くす、情熱的なテクニックに躯は囚われてしまい!?

定価：857円＋税

ARLES NOVELS

ARLES NOVELSをお買い上げいただき
ましてありがとうございます。
この本を読んだご意見、ご感想をお寄せ下さい。

〒111-0053
東京都台東区浅草橋1-13-3
㈱ワンツーマガジン社　ARLES NOVELS 編集部
「宮川ゆうこ先生」係 ／「高階　佑先生」係

憎しみが愛に変わるとき

2007年7月10日　初版発行

◆著　者◆
宮川ゆうこ

◆発行人◆
齋藤　泉

◆発行元◆
株式会社 ワンツーマガジン社
〒111-0053
東京都台東区浅草橋1-13-3

◆Tel◆
03-5825-1212

◆Fax◆
03-5825-1213

◆郵便振替◆
00110-1-572771

◆HP◆
http://www.arlesnovels.com(PC版)
http://www.arlesnovels.com/keitai/(モバイル版)

◆印刷所◆
中央精版印刷株式会社

乱丁本・落丁本はお取り替えいたします。

ISBN978-4-86296-035-1 C0293
Printed in JAPAN